Henriette Beese, *33 Liebesgedichte*

W0363584

33 LIEBESGEDICHTE

von

Francesco Petrarca, Stéphane Mallarmé, Maurice Scève, Louize Labé, Pierre de Ronsard, Sir Philip Sidney, Jean de Sponde, William Shakespeare, Edward Fitzgerald nach Omar Khayyám, Sappho

*

Ausgewählt und übersetzt von Henriette Beese

*

Mit einem Vorwort von
Henriette Beese und
einem Nachwort von Gerhard Ahrens

Alexander Verlag Berlin

Erweiterte Neuauflage
Der Text folgt der Ausgabe von 1984
© für diese Ausgabe by Alexander Verlag Berlin 1984, 2019
Alexander Wewerka · Fredericiastr. 8 · 14050 Berlin
info@alexander-verlag.com | www.alexander-verlag.com
Reihengestaltung: Alexander Wewerka
Satz: Anke Geidel
Alle Rechte vorbehalten
Druck und Bindung: Interpress, Budapest
Printed in Hungary (October) 2019
ISBN 978-3-89581-509-6

INHALT

Die deutschen Versionen schenke
ich einem, für den ich sie geschrieben habe.

VORWORT

Die deutschen Versionen von 33 alten Liebesgedichten, vorwiegend aus der Renaissance, entstanden mehrfach determiniert: Beschäftigung mit Übersetzungstheorie im Hinblick auf Lyrik, eigene zunehmende Übung im Übersetzen harmloserer Texte, Beschäftigung mit Renaissance – Lyrik und überhaupt geistes- und sozialgeschichtliches Interesse an jener Übergangszeit – und einem plötzlichen Zustand heftiger Verliebtheit bei Mangel an Identifikationsmöglichkeiten mit zeitgenössischen Liebesgedichten. Daraus entstanden unverhofft die vorliegenden Nachdichtungen – oder eher: Versionen.

Anders als beim Übersetzen zeitgenössischer Lyriker – dem Ausprobieren, was an Nähe, an Ähnlichkeit zum Original, das heißt zugleich: an Entdeckung eigener, bisher noch nicht realisierter sprachlicher Möglichkeiten sich finden läßt – sind diese Texte Übertragungen über weitere Strecken hinweg, nicht nur zwischen Sprachen, sondern auch zwischen Zeiten und zwischen Geschlechtern (die ursprünglichen Konstellation ist meist: Mann an eine Frau sich richtend, gelegentlich aber auch Frau an einen Mann, Mann an einen Mann, Frau an eine Frau – in der Übersetzung sind sie, wo etwa durch eine Anrede eine Definition erforderlich ist, sämtlich von einer Frau an einen Mann gerichtet). Sie versuchen, den größten Teil der metaphorischen, philosophischen, mythologischen und sonstigen rhetorischen Konventionen beizubehalten, die zur Entstehungszeit zugleich zur Formung und zum Ausdruck der Affekte dienten, jedoch in einer Gestalt (zum Beispiel fast ohne Reime), die sie ästhetisch und affektiv für gegenwärtige Liebende zum Lesen eigener Empfindungen brauchbar, nutzbar machen möchte.

Die Auswahl ist vollständig subjektiv, folgt aber mehreren Schemata. Es ist ein Zyklus entstanden, der dem Aufbau der petrarkistischen Zyklen der Renaissance entspricht: Einleitungsgedicht – Rückblick auf den früheren, der Liebe feindlichen Zustand – die Situation des Sich-Verliebens (terminus technicus: Inamoramento) – sodann die verschiedenen Themen der ablaufenden Liebe: Hoffnungen, Befürchtungen und Erinnerungen, Vorwurf und Bewunderung, Reflexion auf Vergänglichkeit und Schriftlichkeit. Durch die Auswahl ist, philologisch gesehen, die Tendenz der petrarkistischen Zyklen verfälscht: verschoben vom vorwiegend leidenden, passiven lyrischen Ich auf das gelegentlich vergnügtere und verführungswillige.

Der Einschub von Texten aus ganz anderen Zeiten und Räumen hat verschiedene Gründe. Die im Augenblick des coup de foudre überwundene Frigidität, die von den Renaissance-Dichtern erwähnt wird, wurde im 19. Jahrhundert zum verlockenden (nicht mehr moralischen)

Ideal – deshalb an der entsprechenden Stelle Mallarmé, der mehr davon verstand als Ronsard. Während sich die Gedichte des 14. und 16. Jahrhunderts gleichsam natürlich nicht nur zyklisch, sondern damit zugleich in ihrer historischen Reihenfolge ordneten, dreht sich am Ende die Zeit um: nach Shakespeare zur Antike, zu Sappho hin, die aller abendländischen Liebesdichtung Vorbild war, auf dem Umweg über eine andere an Griechenland anknüpfende Tradition, die persische.

Henriette Beese, 1984

Henriette Beese, geboren 1944, war Literaturwissenschaftlerin, Übersetzerin, Lektorin und Dramaturgin. Sie studierte u. a. bei Peter Szondi und gab 1971 nach dessen Tod gemeinsam mit Jean Bollack seinen Nachlass heraus. Sie starb 1998 in der Haute Provence.
(Siehe auch S. 121 ff. i. d. Buch)

Ansprache der Übersetzerin

Ihr, die ihr nun verstreute Verse lest,
Klang des Herzens, dem die Seufzer Nahrung,
Einst in längst vergangner Irrung,
Als ein anderer ich war –

Aus dem Stil, aus Klage, Freude,
Leiden, Hoffen, beides nichtig,
Aus dem Reden, was denn Liebe sei,
Ob ich Neigung finde, ob Verzeihn?

Doch ich sehe, daß wir Leser
Sehr uns der Gefühlsgeschichte freun
(Und manchmal schäme ich mich dann);

Frucht des Wahns ist neues Wähnen,
Scham, und auch die Einsicht:
Jene Träume, sie vergnügen die Welt.

Francesco Petrarca

Ennui des Narzißmus

O Spiegel

Wasser erkaltet im Trübsinn
im gefrorenen Rahmen
wie oft und wie viele Stunden
ungetröstet
von Träumen und müde gesucht
die erinnerten Blätter
unter dem Eis deines tiefen Schachtes
so erschien ich in dir
fernem Schatten gleich

Andere Abende
zeigte dein strenger Brunnen
meines aufgeblätterten Traumes Nacktheit

Ob ich wohl schön bin

Stéphane Mallarmé

Inamoramento

Oft hab ich Amor beleidigt,
Sinnreiche Rache wollte er nehmen,
Heimlich ergriff er den Bogen,
Ort und Zeit waren wohl gewählt.

Tief im Herzen zusammengezogen
War meine Abwehr, ermüdet.
Schutzlos daher die Augen,
Als der siegreiche Pfeil mich traf.

Vom ersten Angriff gänzlich verwirrt,
War Kraft mir weder noch Möglichkeit,
Dagegen mich zu bewaffnen.

Und keinerlei Fluchtweg stand offen
Und kein überlegener Rückzug –
Erlegen bin ich und bleib ich.

Francesco Petrarca

Ritual

Grüß dich du mein Herze
Grüß dich du mein süßes Leben
Grüß dich meiner Augen Licht
Grüß dich du mein einzig Schöner
Grüß dich mein Entzücken
Grüß dich meine Liebe du
Mein süßer Frühling du
Mein süßer neuer Blütentag
Meine süße Freude
Meine süße Taube
Und mein Sperling du
Meine holde Turteltaube
Grüß dich du mein süßer Traum
Grüß dich du mein Herze
Grüß dich du mein süßes Leben
Grüß dich meiner Augen Licht
Grüß dich du mein lieber Freund

Anonymes Französisches Lied

Antithetische Definition

Was ist, wenn nicht Liebe, dies Fühlen?
Wenn Liebe, wozu, welcher Art?
Wenn's gut ist, tödliche Wirkung?
Aber wenn böse, seliges Leiden?

Wenn williges Leiden, warum die Tränen?
Wenn gegen mein Wollen, was soll die Klage?
Oh lebendiger Tod, entzückendes Übel,
So viel vermagst du, wo ich nicht will?

Kein Grund, wenn ich will, mich zu grämen.
Gegenstrebige Winde, ich im zerbrechlichen Boot,
Auf dem Meer, ohne Leitstern noch Leuchtturm,

Unwissend, wissend, so schwer, so leicht.
Ich weiß ja nicht was ich will;
Im Sommer kalt, glüh ich im Winter.

Francesco Petrarca

Korrelationen

Ziel für den Pfeil, durch Eros,
Der Sonne Schnee, Wachs dem Feuer,
Nebel dem Wind, und heiser bin ich,
Dich rufend, dich aber rührt's nicht.

Todespfeil von deinen Augen her –
Hilfe weder von Raum noch von Zeit –
Aus dir allein, und dir scheint's ein Scherz,
Sonne, Feuer und Wind.

Gedankenpfeile, Sonnengesicht,
Des Verlangens Feuer, mit diesen
Trifft mich Eros, blendet, zerstört:

Und Klang der Stimme, und Wörter –
Ich kann mich nicht retten –
Und Hauch des Du, Auflösung.

Francesco Petrarca

Locus Amoenus

O Tal Valchiusa, Echo unsrer Einsamkeit,
O Fluß der Sorgue, mit unsern Sorgen überschäumend,
O Salamander, schweifende Schwalben und Fische,
Von beiden Seiten grün und grau begrenzt,

O Klang der Luft, von unsern Seufzern heiß und heiter,
O bittersüßer Pfad, der an der Quelle endet,
O freundlicher Hügel du, und traurige Ruine,
Wo, seit sechshundert Jahren schon, Eros uns hinführt,

In euch erkenne ich die dauernde Gestalt der Liebe –
Ach nein, in mir, wie einst beherbergend
Die Fröhlichkeit des Lebens und grenzenlosen Schmerz.

Von hier aus sehe ich Erfüllung, und auf diesen Spuren
Vorwärts, rückwärts seh ich himmlische Vergeistigung
Und auch die schöne Hülle auf der Erde.

Francesco Petrarca

Mythologie

Nicht der Aphrodite glühende Funken
Weniger noch die Pfeile des Amor
Sondern alle die Tode neu in mir durch dich
Sie will ich in diesem beschreiben.
   Ich weiß es wohl und du wirst lesen können
Wie vieles irrt selbst in so kleinen Versen.
Eros indessen sah mich schreiben
Für dich, und ging hindurch, in Flammen.

Maurice Scève

Alchimie

So süß drang deiner Augen Gift
Durch gleichen Ort zutiefst ins Herz
Daß schmerzlos eifriges Begehren
In Freiheit einsam es betraf.
Und siegreich drang es langsam vor
Zur Sicherheit der freien Seele.
    Da ließ das Blut von ihr beladen
Die Glieder frei und sammelt sich im tiefen Schacht.
Das Feuer zu verbergen weithin leuchtend.
Es zu verheimlichen ist nicht in meiner Macht.

Maurice Scève

Spiegelflucht

Wenn Verlangen Bild und Spiegel
Eines sehr Geliebten aufscheint
In dem Herzensraum Erinnrung
Jener dem verfallen ich entfliehe
Dann verirrt sich Ziel und Richtung
Nähe Ferne ganz verspiegelt.
    Flieht Aktäon folgen Hunde
Jäger werfen Netze Absalom verfängt sich.
Ferner flieh ich und näher folgt
Im süßen Labyrinth der Gott der Bitternis.

Maurice Scève

Summation

O braune Augen, Umweg eurer Blicke,
O schweres Seufzen, viel verschüttete Tränen,
O schwarze Nächte, voller Warten, unerfüllt,
O helle Tage, voller Sonne, unerfüllt;

O Trauer und Klage, trotziges Verlangen,
O verlorene Zeit und hingegebnes Leiden,
O tausendfacher Tod in tausendfachem Netz,
O schlimmes Übel, Schicksal gegen mich.

O Lachen, Stirn, Haar, Arme, Hände,
O Instrument und Stimme du:
So viele Fackeln, die ein Weib entzünden.

Beklagen muß ich dich, der du das Feuer trägst,
Mit ihm so vielerorts mein Herz berührst,
Daß du so selten seine Funken spürst.

Louize Labé

Metamorphose

Seit Eros mir zum ersten Mal
Das Innere mit seinem Feuer tränkte,
Beharrt die göttliche Verfremdung
Und brennt in meinem Herzen jeden Tag.

Wenn er mir viel an Mühsal gab,
Wenn er mir drohte mit nahem Ruin,
Wenn er mich Tod und Ende denken ließ,
War mein entflammtes Herz gar nicht erstaunt.

Je stärker der Angriff des Eros,
Desto heftiger werden uns Kräfte,
Um uns in seinen Kämpfen zu erneuern.

Wider Erwarten begünstigt er uns,
Der Götter und Menschen beherrscht:
Der Stärke gegenüber läßt er uns stark erscheinen.

Louize Labé

Wörtlichkeit des Platonismus

Sterben muß alles Leben,
Wenn es die Seele verläßt.
Ich bin Körper, du der andere Teil:
Du, sag, meine Seele, wo bist du?

Zu lang schon währt meine Ohnmacht:
Laß es zu spät nicht werden,
Laß deinen Körper nicht solcher Gefahr,
Gib ihm den fehlenden Teil zurück.

Und sorge auch, Seelenfreund,
Daß unsre neue Begegnung
Im Fremden, im Kalten nicht sei.

Komm, laß mich dein Lächeln schauen,
Und deine Schönheit, schenk sie mir wieder,
Die einst so fern war, und heute zärtlich.

Louize Labé

Zahlenspiel

Küß mich wieder, küß mich, und wieder,
Gib mir einen deiner feuchtesten,
Gib mir einen deiner liebevollsten,
Und von mir bekommst du sieben:

Doch wenn die zu heiß dir glühen,
Geb ich dir elf andre, sanftere.
So das Glück der Küsse tauschend,
Ineinander uns genießend:

Werden wir ein vierfach Leben haben,
Jeweils in uns selbst und im Geliebten.
Liebe mag gestatten, leicht verrückt zu denken:

Niemals bin ich froh, solang ich eins bin,
Niemals kann ich mich zufrieden geben,
Außer wenn: ich spring ein wenig außer mich.

Louize Labé

Erinnerung

Wohin meine Schritte sich wenden:
Amor graviert in mein Denken
Das geliebte Gesicht, dein Bild, mein Geliebter,
Und den Klang von gestern, Auf Wiederschaun

Gleich einer Inschrift trag ich
Beides im Herzen. Ufern und Bäumen,
Höhlen und Felsen, Büschen und Wäldern,
Nymphen und Göttern erzähl ichs.

So süßen, so seltenen Nektar
Trinkt meine Hoffnung, sie wünscht sich
Niemals mehr andere Nahrung.

Dieser einzige Tag hat die Trauer getilgt,
Von dieser Freude will ich nicht lassen,
Kein anderes Gut verlangt meine Seele.

Pierre de Ronsard

Antineoplatonismus

Wie der Schein der Gestirne den Geist umglänzt,
Wenn platonisch er seiner Herkunft sich rühmt!
Aber ohne den Körper, wie hinfällig wär doch
Sein Anspruch auf himmlischen Ursprung.

Allein durch die Sinne vermag die Seele
Zu sehen, zu hören, zu träumen, zu handeln.
Verkörpert nur kommt unser Geist zur Schöpfung,
Vollkommenheit schenkt ihm das Stoffliche.

Wer den Geist nur liebt und vermeint,
Die Körper seien der Liebe Befleckung,
Der glaubt einem täuschend Erdachten.

Er umarmt das Trügende, nicht ein Erkanntes,
Und erneuert die Sage Ixions:
Seine Nahrung ist Wind, seine Liebe ein Nebelgespinst.

Pierre de Ronsard

Sinnenfällige Warnung

Wenn du einmal alt sein wirst, abends, bei der Kerze,
Und am Feuer sitzen wirst, am Haspeln und am Spinnen,
Wirst du meine Verse singen, und wirst staunend sagen:
Das Gedicht hat mich gefeiert, und da war ich schön.

Mag wohl sein, daß dann noch einer da ist,
Der, obwohl erschöpft und halb schon eingeschlafen,
bei den Tönen des Gedichts erwacht
Und die Reime deines Namens schier unsterblich nennt.

Unterirdisch werd ich sein, oder überirdisch geisternd,
In den Myrtenschatten werd ich meine Ruhe finden;
Aber du wirst alt sein und am Feuer kauern,

Und um meine Liebe wie um deine Hoffahrt trauern.
Glaub mir, du sollst leben und nicht warten:
Nicht erst morgen, heute komm zum Rosengarten.

Pierre de Ronsard

Beharrlichkeit

Wie seltsam, daß mein Denken niemals müde wird,
An dich zu denken, jede Stunde dich zu denken,
Dein zu gedenken, ob in Trauer oder froh:
Aus jedem der Gedanken blühen hundert neue.

Sie fliegen leichter als die Vögel, fliegen fort,
Ich bleib allein, sie aber wollen dich besuchen:
Und wenn sie sprechen könnten, würden sie dir oft
Vom Sehnen sprechen, das mein Herz verbergen sollte.

Ach, kommt, Gedanken, laßt uns wieder von ihm denken,
Ich kann davon nicht lassen, immer ihn zu träumen:
Laßt uns die Blicke denken, und wie schön er ist.

Vielleicht, daß er uns einen auch von seinen zudenkt? –
Nicht allein war Amor, als ihn Venus nährte,
Einen jüngern Bruder gab es: den Gedanken.

Pierre de Ronsard

Sternbild

Die Aufgeklärten schelten die Astrologie
Und meinen: jene Leuchten reinsten Lichtes,
Mit Anzahl, Wegen, Größe, Dauer
Und dem Versprechen von unendlich Wunderbarem,

Ganz grundlos hätten sie Geburtsrecht dorten,
Vielleicht nur, um in jenem Nächtlichen,
Im dunkeln, hohen Raum ein Menuett zu tanzen
Und glitzernd den Betrachter zu erfreuen.

Ich aber weiß, daß die Natur ins Spiel
Auch Gründe und auch Wirkung einflicht,
Und daß Gestirne Irdisches regieren.

Denn die zwei dunkeln Sterne,
Die im Gesicht des einen, meinen Sterns mir leuchten,
Beweisen das.

Sir Philip Sidney

Eloquenz der Innerlichkeit

Zu gewaltige Freude für Prosa –
Segen zu groß für den Alltag –
Neid blickt beiseite, mag nicht hinschaun,
Wenn Ozeane von Glück mich durchströmen. –

Freundin, du kanntest alle Masken meiner Melancholie:
Komm, sei so lieb, laß mich jetzt die Freude erzählen:
Wintererstarrung verging, Frühling wird,
Schau, was zu blühen beginnt.

Denn mein Stern hat
Mein Warten erfüllt,
Ich darf sein sein.

Und wenn auch Vorbehalt,
Wenn Zurückhaltung ist:
Erfüllung überstrahlt das Gesagte.

Sir Philip Sidney

Majestät

Von allen Königen, die je die Krone Englands trugen,
Ists Eduard, der vierte seines Namens, den ich preise.
Nicht wegen seiner Schönheit noch des klugen Geistes
wegen,
Wenngleich geringre Gaben oft des Ruhmes Flug befiedern.

Nicht weil er, jung-und-weise, weise-tapfer, es vermochte,
Des Vaters Tod zu rächen und ein Reich sich zu gewinnen,
Und nach dem Sieg des Mars den wilden Mars zu zähmen,
Des Schwerts Gewinn dem Wägen der Gerechtigkeit
zu lassen.

Nicht weil es ihm gelang, das Lilienwappen einzu-
schüchtern,
Dem wohlgeschützten mit des Wappenpardels Pranken
drohend,
Sodaß Besonnenheit es Ludwig riet, Tribut zu zahlen.

Nicht wegen solcher oder andrer ganz geringer Gründe –
Allein, weil dieser wahre Ritter zu beweisen wagte,
Daß eher er die Krone als die Liebe lassen wollte.

Sir Philip Sidney

Sonnengebet

Sonne, Sonne, die du mit deinen Augen in die meinen scheinst
Und überhell sie blendest,
Ich sehe nichts als dich, und meine stolze Seele
Weiß keine andre Liebe mehr als deinen Glanz.

Andere Liebe, ins Dunkel versunken,
Scheint zum Fürchten und finster, ich flieh sie,
Freiwillig laß ich den andern die Freizügigkeit,
Ihnen, die zwischen den Fackeln sich freuen.

Lust ist der Liebe seliger Lohn,
Lebendiger noch ist die Macht, die ich spüre,
Zur Sonne treibt sie willenlos meine Liebe:

Und diese Macht ist Kraft aus deiner Schönheit,
Schönheit ohnegleichen, deren Schein, wenngleich verschattet,
Die Liebende geblendet, liebend ohnegleichen.

Jean de Sponde

Carpe Diem

Denn gestorben muß werden. Das stolzeste Leben
Wird dem Sterben nicht trotzen, wird stürzen.
Unter siedenden Sonnen versengen die flüchtigen
Blüten,
Und die Zeit läßt zerbersten, verderben die Erde.

Und mit fauchendem Rauch wird die Kerze ersterben,
Wo die Flamme erlosch, werden Fluten verrauschen,
Denn der Schmelz des Gemäldes wird schmelzen,
Seine Wellen verebben, die Felsen zerfallen.

Und schon sichtbar erzittern die künftigen Blitze
In den donnernden Wolken, wo drohend noch wartet
Die einst mordende, stürmende, strömende Sintflut.

Ob der Schnee auch zergehn wird, der Nebel verwehen,
Ob das Tigergetier ohne Gier wird erstehen:
Wir wollen leben, denn gestorben muß werden.

Jean de Sponde

Melencolia

Wenn ich bedenke, daß ein jedes Werdende
Nur einen kleinen Nu Vollendung kennt,
Daß diese große Bühne nur Erscheinung zeigt,
Geheim vom Einfluß der Gestirne kommentiert;
Wenn ich bemerke, Menschen werden gleich
den Pflanzen,
Ihr Werden und Vergehen wirkt der gleiche Himmel:
Die Blüte jungen Saftes und den reifen Niedergang,
Bis daß die Schönheit abgetragen und vergessen –
Dann wird die Unbeständigkeit des Aufenthalts Idee:
In reifster Jugend sehe ich dein Bild vor mir,
Wo Zeit verschwenderisch, mit ihr Verderbnis streitet,
Dein Tageslicht in dumpfe Nacht zu wandeln.
So sehr im Krieg, und mit der Zeit, dich liebend:
Was sie dir nehmen mag, in meiner Zeichnung
wirst du neu.

William Shakespeare

Huldigung

Vergleichen? Einem Sommertag?
Mehr Anmut. Mehr schwebende Vollkommenheit.
Nicht Blüten die im Mai erfrieren
Nicht Sommer der halb angefangen endet
Nicht Himmelsauge das versengend blickt
Nicht Gold in schwülem Nebel aufgelöst
Und alles Schöne, das der Schönheit oft entfällt,
Zufallsweise, gemäß dem Lauf der Natur.
Nein, dein Sommer, nie verblassend,
Kein Fall aus den Bezirken der Schönheit.
Kein Anspruch des Tods, schattenhaft.
Ewige Spuren wachsen gegen die Zeit.
  Wenn Menschen atmen, Augen sehen,
  Ist dies, und darin du.

William Shakespeare

Produktion

So ist es meiner Muse gar nicht eigen,
Von einem Bild erregt zu werden –
Darin der Himmel selbst nur als Verzierung gilt
Und aufgezählte Schönheit Reime bildet,
Darin Vergleiche kupplerisch vereinen
Die Sonne und den Mond, des Meeres und der
Erde Schätze,
Die Frühlingsblumen, den Juwelenglanz,
Jedwede Kostbarkeit des Weltenkreises.
Nein, laß mich ganz aus meiner Liebe schreiben,
Und glaube mir, so schön ist meine Liebe
Als irgendeiner Mutter Kind, wenngleich so
glänzend nicht
Wie jene goldnen Kerzen an des Himmels Wölbung.
Die andern mögen von Gehört-Gesagtem dichten,
Ich kann nicht preisen, was ganz fruchtlos ist.

William Shakespeare

Schrift der Liebe

Gleichwie einer auf der Bühne,
Der vor Angst aus seiner Rolle fällt
Oder Wildes allzu heftig verbringt,
Von dem Überfluß an Stärke schwach:
So aus Furcht und Vorsicht mag's geschehen,
Daß mein Sprechen Liebesform vergißt,
Meine Liebe scheint wohl zu verfallen
Unter allzu großer Liebe Last.
Dann laß ich meine Hände schreiben,
Als stille Zeugen innern Redens
Um Liebe bitten, um Antwort,
Und inniger als in gesagten Worten.
So lerne denn die stumme Liebe lesen:
In Blicken, in Händen der Liebe Schrift.

William Shakespeare

Vergänglichkeit

Als ich sah, wie durch die Hand der Zeit
Reichtum der Vergangenheit verblaßte,
Wie sie allen Stolz der Türme niedermähte,
Selbst das Erz der Sterblichkeit zum Sklaven gab;
Als ich sah, daß oft das Meer, gefräßig,
Seines Ufers Königreiche überwand,
Festen Boden, einst dem Wasser abgewonnen –
Steter Tausch, Vermehrung und Verlust;
Als ich unaufhörlich Wechsel sah,
Und wie alles in Verderbnis fiel,
Wurd' Ruin zum Ursprung solchen Grübelns:
Zeit wird kommen und mein Liebstes rauben –
  Ach, Gedanke, ähnlich einem Tod, der weint.
  Denn er mag, was sein ist, nicht verlieren.

William Shakespeare

Makrokosmos

Wenn Knaben und Frauen Träume erzählen,
Dann lacht ihr doch,
sicher der Wirklichkeit? …
Mir träumte, es war ein Kaiser:
Ach läg ich doch in anderem Schlaf,
ihn wiederzusehen …
Dem Himmelsgewölbe glich sein Gesicht,
Mit Sonne und Mond in ewiger Bahn,
Als Leuchten über der kleineren Rundung,
der Erde …
Des Ozeans Raum überschritt er,
Umarmte den Umfang der Welt.
Harmonische Stimme der Sphären
Beseelte sein Wort, doch im Zorn
Erdröhnte im Erdkreis sein Donner.
Sein Überfluß kannte nicht Winter,
War Herbst, der im Reifen wuchs.
Entzückungen gleich den Delphinen:
Im eigensten der Elemente spielend,
Sein Rücken darüber.

Es folgten ihm große und kleine Kronen,
Gebiete und Inseln glitten hinab
Wie Silbermünzen
                aus seiner Hand …
Ob's ihn gab, oder könnt' es ihn geben,
                von dem es mir träumte? …
Doch ist er, doch war er je,
Dann jenseits von Traumbereichen.
Natur steht im Wettstreit mit Phantasie.
Ihn zu ersinnen: ein Sieg der Natur –
                Träume wären verurteilt.

William Shakespeare

Ohne Titel

Verschwendetes Strömen, verwüstete Scham
Ist Lust im Werden, und vor dem Vergehen,
Verschworen und mörderisch, blutig verdammt,
Wild und weitaus, vertrauenslos, grausam und rauh,
Genossen nicht eher als heftig verachtet,
Vernunftfern gejagt, so bald wie errungen,
Vernunftfern gehaßt, und als Köder verschlungen,
Das Liegende, das auf den Wahnsinn zielt,
Wahnsinn, verfolgend, besitzend, besessen,
Habend, gehabt, und dorthin und weitaus,
Selig erfahrend, erfahren, und Leid,
Vor einer Freude jenseits scheinend von Traum.
    Alles das weiß die Welt, niemand weiß wie die Welt
    All diesen Himmel flieht, der in die Hölle führt.

William Shakespeare

Wunschträume

Mit einem Brotlaib unter diesen Zweigen,
Mit der Karaffe Wein, dem Band Gedichte –
Und du an meiner Seite, singend in der Wildnis:
Und Wildnis wird zum Paradies.

Wie lang, wie lange, endlos strebend,
Ein jedes Ding als Frage deuten und bestreiten?
Wir wollen uns der Frucht des Weinstocks freuen
Und nicht um bittre Frucht uns fruchtlos grämen.

So laß den Weisen ihre großen Fragen,
Mit mir verlaß den Streit und Ehrgeiz:
Am Rande des Tumults, in einer Nische liegend,
Mit dem zu spielen, was zum Spielzeug uns macht.

Denn innen, außen, oben, rings und unten
Ist nichts als eines Schattenspiels Magie;
Als Kerze dient die Sonne dieser Bühne,
Wo wir, gespenstische Gestalten, kommen oder gehen.

Und daß der Frühling mit der Rose schwindet,
Daß einst das Manuskript, das lebendduftende, doch endet!
    Die Nachtigall, die in den Zweigen singt,
Wer weiß, woher sie kam, wohin sie fliegen wird?

Ach, Liebster, könnten mit dem Schicksal wir verschworen
Die triste Ordnung aller Dinge greifen,
    Zersplittern würden wir sie und zerstreuen,
Neu sie gestalten, näher dem, was wir begehren.

Edward Fitzgerald nach Omar Khayyám

Physiologie

Für mich gleicht ein jeder den Göttern,
Der vor dir steht und dich anschaut,
Nahe den Klang deiner Stimme vernimmt
Und dein Lachen, das Verlangen erweckt.

Mir indessen flattert
Das Herz widersetzlich,
Flüchtiger Blick nach dir, und
Nicht die Stimme gehorcht mir,

Die Zunge trocken, Feuer,
Fieber unter der Haut, nichts
Sehn die Augen, und
Im Ohr Rauschen,

Herab an mir rinnt
Schweiß, mich erfaßt
Zittern, ich bin wie Gras blaßgrün,
Und wenig scheint zum Tode zu fehlen, Geliebter.

Alles aber ist geduldig zu tragen, seitdem …

Sappho

Der einzige Mond

Die Sterne aber, rund um den schönen Mond,
Sie verbergen ihr schimmerndes Bild,
Wenn er ganz voll und am größten leuchtet,
Über der Erde …

Sappho

Francesco Petrarca, Il Canzoniere, Nr. 1

Voi ch'ascolate in rime sparse il suono
di quei sospiri ond'io nudriva 'l core
in sul mio primo giovenile errore,
quand'era in parte altr'uom da quel ch'i' sono,
del vario stile in ch'io piango e ragiono
fra le vane speranze e 'l van dolore,
ove sia chi per prova intenda amore,
spero trovar pietà, non che perdóno.
Ma ben veggio or sì come al popol tutto
favola fui gran tempo, onde sovente
di me medesmo meco mi vergogno;
e del mio vaneggiar vergogna è 'l frutto,
e 'l pentersi, e 'l conoscer chiaramente
che quanto piace al mondo è breve sogno.

Stéphane Mallarmé, Hérodiade, Scène, V. 44–52

O miroir!
Eau froide par l'ennui dans ton cadre gelée
Que des fois et pendant des heures, désolée
Des songes et cherchant mes souvenirs qui sont
Comme des feuilles sous ta glace au trou profond,
Je m'apparus en toi comme une ombre lointaine,
Mais, horreur! des soirs, dans ta sévère fontaine,
J'ai de mon rêve épars connu la nudité!

Nourrice, suis-je belle?

Francesco Petrarca, Il Canzoniere, Nr. 2

Per fare una leggiadra sua vendetta,
e punire in un dì ben mille offese,
celatamente Amor l'arco riprese,
come uom ch'a nocer luogo e tempo aspetta.
Era la mia vertute al cor ristretta
per far ivi e ne gli occhi sue difese,
quando 'l colpo mortal là giù discese,
ove solea spuntarsi ogni saetta.
Però, turbata nel primiero assalto,
non ebbe tanto né vigor né spazio
che potesse al bisogno prender l'arme,
o vero al poggio faticoso et alto
ritrarmi accortamente da lo strazio,
del quale oggi vorrebbe, e non pò, aitarme.

Francesco Petrarca, Il Canzoniere, Nr. 132

S'amor non è, che dunque è quel ch'io sento?
ma s'egli è amor, per Dio, che cosa e quale?
se bona, ond'è l'effetto aspro mortale?
se ria, ond'è sì dolce ogni tormento?
S'a mia voglia ardo, ond'è 'l pianto e lamento?
S'a mal mio grado, il lamentar che vale?
O viva morte, o dilettoso male,
come puoi tanto in me, s'io no 'l consento?
E s'io 'l consento, a gran torto mi doglio.
Fra sì contrarî vènti in frale barca
mi trovo in alto mar, senza governo,
sì lieve di saver, d'error sì carca,
ch'i' medesmo non so quel ch'io mi voglio,
e tremo a mezza state, ardendo il verno.

Francesco Petrarca, Il Canzoniere, Nr. 133

Amor m'ha posto come segno a strale,
come al sol neve, come cera al foco,
e come nebbia al vento; e son già roco,
donna, mercé chiamando, e voi non cale.
Da gli occhi vostri uscìo 'l colpo mortale,
contra cui non mi val tempo né loco;
da voi sola procede, e parvi un gioco,
il sole, e 'l foco, e 'l vento, ond'io son tale.
I pensier son saette, e 'l viso un sole,
e 'l desir foco, e 'nseme con quest'arme
mi punge Amor, m'abbaglia, e mi distrugge:
e l'angelico canto, e le parole,
col dolce spirto, ond'io non posso aitarme,
son l'aura inanzi a cui mia vita fugge.

Francesco Petrarca, Il Canzoniere, Nr. 301

Valle che de' lamenti miei se' piena,
fiume che spesso del mio pianger cresci,
fere selvestre, vaghi augelli, e pesci
che l'una e l'altra verde riva affrena,
aria de' miei sospir calda e serena,
dolce sentier che sì amaro riesci,
colle che mi piacesti, or mi rincresci,
ov'ancor per usanza Amor mi mena,
ben riconosco in voi l'usate forme,
non, lasso!, in me, che da sì lieta vita
son fatto l'albergo d'infinita doglia.
Quinci vedea 'l mio bene; e per quest' orme
torno a vedere ond'al ciel nuda è gita,
lasciando in terra la sua bella spoglia.

Maurice Scève, Délie, À sa Délie

Non de Venus les ardentz estincelles,
Et moins les traictz, desquelz Cupido tire:
Mais bien les mortz, qu'en moy tu renovelles
Je t'ay voulu en cest Œuvre descrire.
    Je scay asses, que tu pourras lire
Mainte erreur, mesme en si durs Epygrammes:
Amour (pourtant) les me voyant escrire
En ta faveur, les passa par ses flammes.

Maurice Scève, Délie, Nr. 42

Si doulcement le venin de tes yeulx
Par mesme lieu aux fonz du cœur entra,
Que sans douleur le desir soucyeux
De liberté tout seul il rencontra.
Mais l'occupant, peu a peu, penetra,
Ou l'Ame libre en grand seurté vivoit:
   Alors le sang, qui d'elle charge avoit,
Les membres laisse, & fuit au profond Puys.
Voulant cacher le feu, que chascun voit.
Lequel je couvre, & celer ne le Puys.

Maurice Scève, Délie, Nr. 46

Si le desir, image de la chose,
Que plus on ayme, est du cœur le miroir,
Qui tousjours fait par memoire apparoir
Celle, ou l'esprit de ma vie repose,
A quelle fin mon vain vouloir propose
De m'esloigner de ce, qui plus me suyt?
    Plus fuit le Cerf, & plus on le poursuyt,
Pour mieulx le rendre, aux rhetz de servitude:
Plus je m'absente, & plus le mal s'ensuyt
De ce doulx bien, Dieu de l'amaritude.

Louize Labé, Sonets, Nr. 2

O beaus yeus bruns, ô regars destournez,
O chaus soupirs, ô larmes espandues,
O noires nuits vainement atendues,
O jours luisans vainement retournez:

O tristes pleins, ô desirs obstinez,
O tems perdu, ô peines despendues,
O mile morts en mile rets tendues,
O pires maus contre moy destinez.

O ris, ô front, cheveus, bras, mains & doits:
O lut pleintif, viole, archet & vois:
Tant de flambeaus pour ardre une femelle!

De toy me plein, que tant de feus portant,
En tant d'endrois d'iceus mon cœur tatant,
N'en est sur toy volé quelque estincelle.

Louize Labé, Sonets, Nr. 4

Depuis qu'Amour cruel empoisonna
Premierement de son feu ma poitrine,
Tousjours brulay de sa fureur divine,
Qui un seul jour mon cœur n'abandonna.

Quelque travail, dont assez me donna,
Quelque menasse & procheine ruïne:
Quelque penser de mort qui tout termine,
De rien mon cœur ardent ne s'estonna.

Tant plus qu'Amour nous vient fort assaillir,
Plus il nous fait nos forces recueillir,
Et tousjours frais en ses combats fait estre:

Mais ce n'est pas qu'en rien nous favorise,
Cil qui les Dieux & les hommes mesprise:
Mais pour plus fort contre les fors paroitre.

Louize Labé, Sonets, Nr. 7

On voit mourir toute chose animee,
Lors du corps l'ame sutile part:
Je suis le corps, toy la meilleure part:
Ou es tu donc, ô ame bien aymee?

Ne me laissez par si long tems pàmee,
Pour me sauver apres viendrois trop tard.
Las, ne mets point ton corps en ce hazart:
Rens lui sa part & moitié estimee.

Mais fais, Ami, que ne soit dangereuse
Cette rencontre & revuë amoureuse,
L'accompagnant, non de severité,

Non de rigueur: mais de grace amiable,
Qui doucement me rende ta beauté,
Jadis cruelle, à present favorable.

Louize Labé, Sonets, Nr. 18

Baise m'encor, rebaise moi & baise:
Donne m'en un de tes plus savoureus,
Donne m'en un de tes plus amoureus:
Je t'en rendray quatre plus chaus que braise.

Las, te pleins tu? ça que ce mal j'apaise,
En t'en donnant dix autres doucereus.
Ainsi meslans nos baisers tant heureus
Jouissons nous l'un de l'autre à notre aise.

Lors double vie à chacun en suivra.
Chacun en soy & son ami vivra.
Permets m'Amour penser quelque folie:

Tousjours suis mal, vivant discrettement,
Et ne me puis donner contentement,
Si hors de moy ne fay quelque saillie.

Pierre de Ronsard, Sonets pour Helene, Livre I, Nr. 41

D’un solitaire pas je ne marche en nul lieu,
Qu’Amour bon artisan ne m’imprime l’image
Au profond du penser de ton gentil visage,
Et des mots gracieux de ton dernier Adieu.
Plus fermes qu’un rocher, engravez au milieu
De mon cœur je les porte: & s’il n’y a rivage,
Fleur, antre ny rocher, ny forests ny bocage,
A qui je ne le conte, à Nymphe, ny à Dieu.
D’une si rare & douce ambrosine viande
Mon esperance vit, qui n’a voulu depuis
Se paistre d’autre apast, tant elle en est friande.
Ce jour de mille jours m’effaça les ennuis:
Car tant opiniastre en ce plaisir je suis,
Que mon ame pour vivre autre bien ne demande.

Pierre de Ronsard, Sonets pour Helene,
Livre I, Nr. 42

Bien que l'esprit humain s'enfle par la doctrine
De Platon, qui le chante influxion des cieux,
Si est-ce sans le corps qu'il seroit ocieux,
Et auroit beau vanter sa celeste origine.
Par les sens l'ame voit, ell'oyt, elle imagine,
Ell' a ses actions du corps officieux:
L'esprit incorporé devient ingenieux,
La matiere le rend plus parfait & plus digne.
Or' vous aimez l'esprit, & sans discretion
Vous dites que des corps les amours sont pollues.
Tel dire n'est sinon qu'imagination,
Qui embrasse le faux pour les choses cognues:
Et c'est renouveller la fable d'Ixion,
Qui se passoit de vent, & n'amoit que des nues.

Pierre de Ronsard, Sonets pour Helene,
Livre II, Nr. 24

Quand vous serez bien vieille, au soir à la chandelle,
Assise aupres du feu, devidant & filant,
Direz, chantant mes vers, en vous esmerveillant,
Ronsard me celebroit du temps que j'estois belle.
Lors vous n'aurez servante oyant telle nouvelle,
Desja sous le labeur à demy sommeillant,
Qui au bruit de mon nom ne s'aille resveillant,
Benissant vostre nom de louange immortelle.
Je seray sous la terre, & fantaume sans os:
Par les ombres Myrtheux je prendray mon repos.
Vous serez au fouyer une vieille accroupie,
Regrettant mon amour, & vostre fier desdain.
Vivez, si m'en croyez, n'attendez à demain:
Cueillez dés aujourd'huy les roses de la vie.

Pierre de Ronsard, Sonets pour Helene,
Livre II, Nr. 34

Je suis esmerveillée que mes pensers ne sont
Laz de penser en vous, y pensant à toute heure:
Me souvenant de vous, or' je chante, or' je pleure,
Et d'un penser passé cent nouveaux se refont.
Puis legers comme oiseaux ils volent, & s'en-vont,
M'abandonnant tout seul, devers votre demeure:
Et s'ils sçavoient parler, souvent vous seriez seure
Du mal que mon cœur cache, & qu'on lit sur mon front.
Or sus venez Pensers, pensons encor en elle.
De tant y repenser je ne me puis lasser:
Pensons en ces beaux yeux, & combien elle est belle.
Elle pourra vers nous les siens faire passer.
Venus non seulement nourrit de sa mammelle
Amour son fils aisné, mais aussi le Penser.

Sir Philip Sidney, Astrophel and Stella, Nr. 26

Though dustie wits dare scorne Astrologie,
And fooles can thinke those Lampes of purest light –
Whose numbers, waies, greatnesse, eternitie,
Promising wonders wonder do invite –

To have for no cause birthright in the skie
But for to spangle the blacke weeds of night,
Or for some brawle which in that chamber hie
They should still daunce to please a gazers sight.

For me, I do Nature unidle know,
And know great causes great effects procure,
And know those Bodies high raigne on the low.

And if these rules did faile, proofe makes me sure,
Who oft fore-judge my after-following race
By only those two starres in *Stellas* face.

Sir Philip Sidney, Astrophel and Stella, Nr. 69

O joy too high for my low stile to show!
O blisse fit for a nobler seat then me!
Envie, put out thine eyes, least thou do see
What Oceans of delight in me do flow.

My friend, that oft saw'st through all maskes my wo,
Come, come, and let me powre my selfe on thee.
Gone is the winter of my miserie:
My spring appeares; ô see what here doth grow!

For *Stella* hath, with words where faith doth shine,
Of her high heart giv'n me the monarchie.
I, I, ô I may say that she is mine.

And though she give but thus conditionly
This realme of blisse, while vertuous course I take,
No kings be crown'd but they some covenant make.

Sir Philip Sidney, Astrophel and Stella, Nr. 75

Of all the kings that ever here did raigne,
Edward named fourth, as first in praise I name:
Not for his faire outside, nor well lined braine,
Although lesse gifis impe feathers oft on Fame:

Nor that he could young-wise, wise-valiant, frame
His Sires revenge joyn'd with a kingdomes gaine,
And, gain'd by *Mars*, could yet mad *Mars* so tame,
That Ballance weigh'd what sword did late obtaine:

Nor that he made the Flouredeluce so fraid,
Though strongly hedg'd, of bloudy Lyons pawes,
That wittie *Lewis* to him a tribute paid:

Nor this nor that, nor any such small cause,
But only for this worthy Knight durst prove
To loose his Crowne rather than faile his Love.

Jean de Sponde, Sonets sur l'Amour, Nr. 2

Mon Soleil qui brillez de vos yeux dans mes yeux,
Et pour trop de clarté leur ostez la lumière,
Je ne voy rien que vous, et mon ame est si fière
Qu'elle ne daigne plus aimer que dans les cieux.

Tout autre amour me semble un enfer furieux
Plein d'horreur et de mort dont m'enfuyant arriere
J'en laisse franchement plus franche la carriere
A ceux qui sont plus mal et pensent faire mieux.

Le plaisir, volontiers, est de l'amour l'amorce,
Mais outre encor je sens quelque plus vive force
Qui me feroit aimer malgré moy ce Soleil:

Ceste force est en vous dont la beauté puissante
La beauté sans pareil, encor qu'elle s'absente
A tué cest amant, cest amant sans pareil.

Jean de Sponde, Sonets sur la Mort, Nr. 2

Mais si faut-il mourir, et la vie orgueilleuse,
Qui brave de la mort, sentira ses fureurs,
Les Soleils haleront ces journalieres fleurs,
Et le temps crevera ceste ampoule venteuse.

Ce beau flambeau qui lance une flamme fumeuse,
Sur le verd de la cire esteindra ses ardeurs,
L'huile de ce Tableau ternira ses couleurs,
Et ses flots se rompront à la rive escumeuse.

J'ay veu ces clairs esclairs passer devant mes yeux,
Et le tonnerre encor qui gronde dans les Cieux,
Où d'une ou d'autre part esclatera l'orage,

J'ay veu fondre la neige et ses torrens tarir,
Ces lyons rugissans je les ay veus sans rage,
Vivez, hommes, vivez, mais si faut-il mourir.

William Shakespeare, The Sonnets, Nr. 15

When I consider every thing that growes
Holds in perfection but a little moment.
That this huge stage presenteth nought but showes
Whereon the Stars in secret influence comment.
When I perceive that men as plants increase,
Cheared and checkt even by the selfe-same skie:
Vaunt in their youthfull sap, at height decrease,
And were their brave state out of memory.
Then the conceit of this inconstant stay,
Sets you must rich in youth before my sight,
Where wastfull time debateth with decay
To change your day of youth to sullied night,
    And all in war with Time for love of you
    As he takes from you, I ingraft you new.

William Shakespeare, The Sonnets, Nr. 18

Shall I compare thee to a Summers day?
Thou art more lovely and more temperate:
Rough windes do shake the darling buds of Maie,
And Sommers lease hath all too short a date:
Sometime too hot the eye of heaven shines,
And often is his gold complexion dimm'd,
And every faire from faire some-time declines,
By chance, or natures changing course untrim'd:
But thy eternall Sommer shall not fade,
Nor loose possession of that faire thou ow'st,
Nor shall death brag thou wandr'st in his shade,
When in eternall lines to time thou grow'st,
    So long as men can breath or eyes can see,
    So long lives this, and this gives life to thee,

William Shakespeare, The Sonnets, Nr. 21

So is it not with me as with that Muse,
Stird by a painted beauty to his verse,
Who heaven it selfe for ornament doth use,
And every faire with his faire doth reherse,
Making a coopelment of proud compare
With Sunne and Moone, with earth and sea rich gems:
With Aprills first borne flowers and all things rare,
That heavens ayre in this huge rondure hems,
O let me true in love but truly write,
And then beleeve me, my love is as faire,
As any mothers childe, though not so bright
As those gould candells fixt in heavens ayer:
   Let them say more that like of heare-say well,
   I will not prayse that purpose not to sell.

William Shakespeare, The Sonnets, Nr. 23

As an unperfect actor on the stage,
Who with his feare is put besides his part,
Or some fierce thing repleat with too much rage,
Whose strengths abondance weakens his owne heart;
So I for feare of trust, forget to say,
The perfect ceremony of loves right,
And in mine owne loves strength seeme to decay,
Ore-charg'd with burthen of mine owne loves might:
O let my books[1] be then the eloquence,
And domb presagers of my speaking brest,
Who pleade for love, and look for recompence,
More than that tonge that more hath more exprest.
O learne to read what silent love hath writ,
To heare wit[2] eies belongs to loves fine wiht[3].

[1] vielleicht Druckfehler für »looks«
[2] Druckfehler für »with«
[3] Druckfehler für »wit«

William Shakespeare, The Sonnets, Nr. 64

When I have seene by times fell hand defaced
The rich proud cost of outworne buried age,
When sometime loftie towers I see downe rased,
And brasse eternall slave to mortall rage.
When I have seene the hungry Ocean gaine
Advantage on the Kingdome of the shoare,
And the firme soile win of the watry maine,
Increasing store with losse, and losse with store.
When I have seene such interchange of state,
Or state it selfe confounded, to decay,
Ruine hath taught me thus to ruminate
That Time will come and take my love away.
This thought is as a death which cannot choose
But weepe to have, that which it feares to loose.

William Shakespeare, Antony and Cleopatra,
5. Akt, 2. Szene, V. 74–100

Cleopatra: You laugh when boys or women tell their dreams;
Is't not your trick?
Dolabella: I understand not, madam.
Cleopatra: I dream'd there was an emperor Antony:
O, such another sleep, that I might see
But such another man!
Dolabella: If it might please ye, –
Cleopatra: His face was as the heavens; and therein stuck
A sun and moon, which kept their course and lighted
The little O, the earth.
Dolabella: Most sovereign creature, –
Cleopatra: His legs bestrid the ocean: his rear'd arm
Crested the world: his voice was propertied
As all the tuned spheres, and that to friends;
But when he meant to quail and shake the orb,
He was as rattling thunder. For his bounty,
There was no winter in 't; an autumn 'twas
That grew the more by reaping; his delights
Were dolphin-like; they show'd his back above
The element they lived in: in his livery

Walk'd crowns and crownets; realms and islands were
As plates dropp'd from his pocket.

DOLABELLA: Cleopatra, –

CLEOPATRA: Think you there was, or might be, such a man
As this I dream'd of?

DOLABELLA: Gentle madam, no.

CLEOPATRA: You lie, up to the hearing of the gods.
But if there be, or ever were, one such,
It's past the size of dreaming: nature wants stuff
To vie strange forms with fancy; yet to imagine
An Antony, were nature's piece 'gainst fancy,
Condemning shadows quite.

DOLABELLA: Hear me, good madam.

William Shakespeare, The Sonnets, Nr. 129

Th'expence of Spirit in a waste of shame
Is lust in action, and till action, lust
Is perjurd, murdrous, blouddy full of blame,
Savage, extreame, rude, cruell, not to trust,
Injoyd no sooner but dispised straight,
Past reason hunted, and no sooner had
Past reason hated as a swollowed bayt,
On purpose layd to make the taker mad.
Made[1] In pursut and in possession so,
Had, having, and in quest, to have extreame,
A blisse in proofe and provd and[2] very wo,
Before a joy proposd behind a dreame,
    All this the world well knowes yet non knowes well,
    To shun the heaven that leads men to this hell.

[1] vielleicht Druckfehler für »Mad«
[2] vielleicht Druckfehler für »a«

Omar Khayyám: Rubáiyát Nr. 11, 39, 45, 46, 72, 73, englisch von Edward Fitzgerald

Here with a Loaf of Bread beneath the Bough,
A Flask of Wine, a Book of Verse – and Thou
  Beside me singing in the Wilderness –
And Wilderness is Paradise enow.

How long, how long, in infinite Pursuit
Of This and That endeavour and dispute?
  Better be merry with the fruitful Grape
Than sadden after none, or bitter, Fruit.

But leave the Wise to wrangle, and with me
The Quarrel of the Universe let be:
  And, in some corner of the Hubbub coucht,
Make Game of that which makes as much of Thee.

For in and out, above, about, below,
'Tis nothing but a Magie Shadow-show,
  Played in a Box whose Candle is the Sun,
Round which we Phantom Figures come and go.

Alas, that Spring should vanish with the Rose!
That Youth's sweet-scented Manuscript should close!
    The Nightingale that in the Branches sang,
Ah, whence, and whither flown again, who knows?

Ah, Love! could thou and I with Fate conspire
To grasp the sorry Scheme of Things entire,
    Would not we shatter it to bits – and then
Re-mould it nearer to the Heart's Desire!

Sappho, Fragment Nr. 10

Φαίνεταί μοι κῆνος ἴσος θέοισιν
ἔμμεν᾽ ὤνηρ, ὄττις ἐνάντιός τοι
ἰσδάνει καὶ πλάσιον ἆδυ φωνεί-
σας ὐπακούει

καὶ γελαίσας ἰμέροεν, τὸ μ᾽ ἦ μὰν
καρδίαν ἐν στήθεσιν ἐπτόαισεν,
ὠς γὰρ ἔς σ᾽ ἴδω βρόχε᾽ ὤς με φώνας
οὖδεν ἔτ᾽ εἴκει,

ἀλλὰ κὰμ μὲν γλῶσσα μ᾽ ἔαγε, λέπτον
δ᾽ αὔτικα χρῷ πῦρ ὐπαδεδρόμηκεν,
ὀππάτεσσι δ᾽ οὐδ᾽ ἒν ὄρημμ᾽, ἐπιρρόμ-
βεισι δ᾽ ἄκουαι,

ἀ δέ μ᾽ ἴδρως κακχέεται, τρόμος δὲ
παῖσαν ἄγρει, χλωροτέρα δὲ ποίας
ἔμμι, τεθνάκην δ᾽ ὀλίγω ᾽πιδεύης
φαίνομ᾽, Ἄγαλλι.

ἀλλὰ πᾶν τόλματον, ἐπεὶ …

Sappho, Fragment Nr. 13

Ἄστερες μὲν ἀμφὶ κάλαν σελάνναν
ἂψ ἀποκρύπτοισι φάεννον εἶδος,
ὄπποτα πλήθοισα μάλιστα λάμπῃ
γᾶν …

BIOGRAPHISCHE NOTIZEN ÜBER DIE AUTOREN

Francesco Petrarca (1304–1374). Er schrieb viele theologische, historische und philosophische Werke in lateinischer Sprache und war vermutlich der erste Abendländer, der um des Naturerlebnisses willen einen Berg bestieg und dies Erlebnis hinterher beschrieb. Sowohl wegen seiner Schriften als auch wegen der Bergbesteigung fängt für viele Geisteshistoriker mit ihm die italienische Renaissance, der Humanismus, die Neuzeit an. – Seinen Zyklus von italienisch geschriebenen Liebesgedichten, *Il Canzoniere* (abgeschlossen 1356), hielt er selbst für ein unwesentliches Werk. Die 366 Gedichte, zum größten Teil Sonette und einige Canzonen, richten sich an eine Dame namens Laura, in die er sich am 6. April 1327, einem Karfreitag, beim Kirchenbesuch verliebte. Sie starb 1348, und die Gedichte teilen sich in solche, die an die lebende, und solche, die an die tote Laura gerichtet sind. (Texte nach: Francesco Petrarca, *Il Canzoniere*, hrsg. von Dino Provenzal, Mailand 1954)

Der Petrarkismus. Erst etwa hundert Jahre nach Petrarcas Tod wurde der Canzoniere zum großen Vorbild zunächst der italienischen, später der europäischen Liebeslyrik. Die Dichter des 16. Jahrhunderts übernahmen den Aufbau des Zyklus (die verschiedenen Gelegenheiten der Begegnung und der Einsamkeit), die passive Haltung des unglücklich Liebenden und die stereotypen Äußerungen seines Leidens, die Bedeutsamkeit des Namens der Geliebten (Laura war zugleich l'aura, der Lufthauch, und lauro, der Lorbeer) und die Metaphern für ihre Schönheit. Sie sahen keinen Widerspruch darin, an einem – inzwischen teils neoplatonisch, teils anakreontisch erweiterten – System in Variationen weiterzuschreiben und jeweils eine ganz einmalige, konkrete Liebe auszudrücken oder zu fingieren. Und sie gingen, wie Petrarca, mitunter in der Begleitung Amors in der Natur umher.

Stéphane Mallarmé (1842–1898). Im Gegensatz zu seiner Dichtung war er von Beruf Englischlehrer, verheiratet und hatte eine Tochter. – Mit der Renaissance hat er nichts zu tun, wenngleich seine Poesie von der zeitgenössischen Literaturkritik mit der von Maurice Scève verglichen wurde, weil man beides nicht verstand. Was die Komplexität der Syntax betrifft, war der Vergleich sogar richtig. – Die ersten »fertigen« Fragmente des geplanten, nie vollendeten Dramas *Hérodiade*, darunter die Scène, entstanden zwischen 1864 und 1867. Während sie noch der Verherrlichung des ästhetischen Ideals der Kälte dienen, stehen die späteren Fragmente im Zusammenhang mit der Suche nach dem Text als reiner Konstellation, tendenziell ohne Inhalt. (Text nach: Stéphane Mallarmé, *Œuvres complètes*, hrsg. von Henri Mondor und G. Jean-Aubry, Paris 1965)

Maurice Scève (?–?). Er wurde zu Lebzeiten eher dadurch berühmt, dass er das angebliche Grab von Laura wiederentdeckte, als durch seine eigene Dichtung. Es ist belegt, dass er 1548 einer der Organisatoren beim feierlichen Einzug Heinrichs II. in Lyon war, nicht aber, wann er geboren wurde und wann er starb. – Er gilt als der »dunkelste« französische Dichter des 16. Jahrhunderts und als wichtigster Vertreter der »Lyoneser Schule«, der ersten Gruppierung des französischen Petrarkismus, zu der auch Pernette de Guillet zählt. Sie wird mitunter für die reale Adressatin von Scèves Liebesgedichten gehalten. – Seine bedeutendsten Werke sind *Microcosme* (1562), ein kosmologisch-mythologisch-theologisches Versepos, und *Délie* (1544), ein Zyklus von 499 Dizains (Zehnzeilern). Delia ist ein lateinischer Name der Mondgöttin, Dèlie zugleich ein Anagramm für l'idée. Trotz des Geflechts von Neoplatonismus, Mythologie, Emblematik und Zahlensymbolik ist es nicht unmöglich, nach und nach einzelne seiner Gedichte zu lesen. (Texte nach: Maurice Scève, *Délie*, hrsg. von Eugène Parturier, Paris 1961)

Louize Labé (1526–1566). ›La belle Cordelière‹ hieß sie nicht etwa, weil sie selbst Seile geflochten hätte, sondern weil sie Tochter und Gattin je eines wohlhabenden Seilfabrikanten war. In ihrer Jugend nahm sie, als Jüngling verkleidet, an den Feldzügen Franz I. gegen Kaiser Karl V. teil. Später war sie eine Vertreterin der Lyoneser Schule und Mittelpunkt der gebildeten Lyoneser Gesellschaft, trotz oder wegen ihres nicht ganz bürgerlichen Lebenswandels. – Sie schrieb Elegien, 25 Sonette (1555), darunter ein italienisches, die sie selbst vertonte, und ein Streitgespräch zwischen Wahnsinn und Liebe. Anders als etwa die von Vittoria Colonna sind ihre Liebesgedichte, obwohl mitunter neoplatonisch im Vokabular, leidenschaftlicher als meist im Petrarkismus üblich. (Texte nach: Louize Labé, *Elégies et Sonnets*, Paris 1958)

Pierre de Ronsard (1524–1585). Er ist der berühmteste Vertreter der zweiten petrarkistischen Schule in Frankreich, der Pléiade in Paris, die mit theoretischen Schriften, mit italianisierenden Sonetten und gräzisierenden Oden die französische Dichtung der Neuzeit einleitete. Ronsard war Kleriker, Humanist, Liebhaber und Hofdichter; er schrieb Gedichte an und über Mäzene, Hofdamen, Dorfmädchen, historische und mythologische Gestalten, Dämonen, Sternbilder, konfessionelle Streitpunkte und anderes. In seinen mondänen petrarkistischen Zyklen, so auch in dem letzten, *Sonets pour Helene* (1578), kommt häufig direkt oder indirekt zum Ausdruck, dass er mit der leidenden, unterwürfigen, entsagenden Rolle, die diese Gattung ihm vorschrieb, nicht recht einverstanden war. (Texte nach: Pierre de Ronsard, *Les Amours*, hrsg. von Henri und Catherine Weber, Paris 1963)

Sir Philip Sidney (1554–1586). Er entstammte der Hocharistokratie, soll sehr schön gewesen sein und lebte so, daß viele Zeitgenossen eine Verkörperung des höfischen Ideals in ihm sahen: durch Studien und Reisen gebildet, diplomatisch und kriegerisch tätig, gütig und charmant. Er starb im Krieg, bei der Verteidigung Hollands gegen Spanien. – Seine literarischen Werke bestehen im Wesentlichen aus einem sehr manieristischen und sehr erfolgreichen Schäferroman, einer poetologischen Schrift, in der er sich große Mühe gab, die Dichtung gegen den Vorwurf der Lügenhaftigkeit zu verteidigen, und dem Gedichtzyklus *Astrophel and Stella* (ca. 1581). In den 108 Sonetten und elf Liedern des griechisch sich benennenden Liebhabers seines lateinisch benannten Sterns erscheint neben der vollkommenen Beherrschung der zeitgenössischen Rhetorik der Wunsch, auf sie zu verzichten, das Gefühl direkt zu sagen: das Dilemma eines Petrarkisten, der zugleich Puritaner war. – Was Edward

IV. betrifft, so verlor er um der Liebe willen die Krone nur vorübergehend. (Texte nach: Sir Philip Sidney, *Astrophel and Stella*, hrsg. von Michel Poirier, Paris 1962)

JEAN DE SPONDE (1557–1595). Er wurde im Lande Béarn geboren und spielte möglicherweise als Knabe mit dem nachmaligen Henri Quatre in einer finsteren Kirchenruine. Wie dieser konvertierte er später vom Calvinismus zum Katholizismus. Neben humanistischem Schreiben widmete er sich der Alchimie. Nicht nur seinen theologischen Gegnern galt er als Beispiel des Melancholikers, wankelmütig, extrem, kränklich und wollüstig. – Das poetische Werk von Sponde besteht aus 26 Sonetten über die Liebe, zwölf Sonetten über den Tod und einigen weiteren Gedichten. In diesen Texten ist die Macht der Liebe wie die des Todes gewaltig, die Metaphorik wuchert kosmisch, und das System der Lautwiederholungen reicht von theatralischer Ostentation bis zur Suggestion, das Schicksal ›de la mort du corps‹ sei durch Binnenreime unvermeidlich. (Texte nach: Jean de Sponde, *Les Amours & La Mort, Stances et Sonnets*, Paris 1949)

WILLIAM SHAKESPEARE (1564–1616). Bekanntlich war er in erster Linie Stückeschreiber, Schauspieler und Theaterbesitzer. Er schrieb aber auch zwei Versepen sowie 154 Sonette, letztere wahrscheinlich um 1594. Diese Jahreszahl ist umstritten, und umstritten ist nach wie vor die Reihenfolge der Gedichte innerhalb des Zyklus, vor allem aber die historische Identität der Adressaten, des schönen blonden Jünglings, an den die ersten 126 Sonette sich richten, und der dunklen lasziven Dame, der die restlichen gewidmet sind. Die schönste Theorie stammt von Oscar Wilde: Der Jüngling sei gar kein Mäzen und Aristokrat gewesen, sondern ein halbwüchsiger Schauspieler, der Mädchenrollen spielte. – Der Zyklus unterscheidet sich von allen früheren nicht nur durch die ungewöhnlichen Adressaten (untereinander hatten sie auch ein Verhältnis), sondern ebenso durch die umfassendere Metaphorik, in der die Dramenstoffe widerscheinen, und thematisch durch den Kampf mit der Vergänglichkeit. *Antony and Cleopatra* entstand wahrscheinlich 1608. (Texte nach: *A Casebook on Shakespeare's Sonnets*, hrsg. von Gerald Willen und Victor B. Reed, New York 1964; William Shakespeare, *Antony and Cleopatra*, hrsg. von Israel Gollancz, London 1919)

Omar Khayyám (?–ca. 1123). Im Unterschied zu anderen persischen Dichtern, die ebenfalls in ihren Gedichten Propaganda für die Muße, die Liebe und den Wein betrieben, war er lange als bedeutender Astronom, Mathematiker und Philosoph tätig, bevor er, von der Wissenschaft gelangweilt, sein Leben hedonistisch umgestaltete und das Rubáiyát schrieb, eine Absage an philosophische und religiöse Metaphysik wie an karrieristische Praxis zugunsten eines sensualistischen Daseins, in 75 Vierzeilern. Dank der skeptischen Bezüge auf Platon passt diese Liebesdichtung sonderbarerweise zur europäischen Renaissance (die freilich Teile ihrer hellenistischen Bildung aus arabischer Überlieferung hatte). Er ist in der britischen Kultur bekannter als in der deutschen, weil das Rubáiyát faszinierend von EDWARD FITZGERALD (1809–1883) nachgedichtet wurde, der ansonsten einerseits mittelmäßige Gedichte schrieb und anderseits ein glühender Orientverehrer war. (Texte nach: Omar Khayyám, *Rubáiyát*, englisch von Edward Fitzgerald, London 1982)

SAPPHO. Sie lebte um 600 vor Christus. Ihre Fragmente (nur ein Gedicht ist vollständig überliefert) sind die ältesten erhaltenen Aufzeichnungen abendländischer Liebeslyrik. – Man weiß nicht recht, wie man sich ihre Tätigkeit auf Lesbos, nämlich junge Mädchen kultiviert zu erziehen, vorstellen soll, wohl nicht wie in einem Mädchenpensionat. Jedenfalls kamen Blumenkränze, Tanz und Musik vor. Die Adressatin ihres berühmtesten Gedichts, in dem sie die physischen Effekte des Verliebtseins schildert, hieß Agallis. Der Erste, der es in eine andere Sprache und eine andere Konstellation der Geschlechter übertrug, war Catull, und da war es schon etwa 500 Jahre alt. (Texte nach: *Sappho*, hrsg. von Emil Staiger, Zürich 1957)

NACHWORT

In den Arkaden der Sprache

I

Mit dem Vorsatz, die Kollektion der von ihr übersetzen *33 Liebesgedichte* mit einer Vorbemerkung zu versehen, notierte Henriette Beese am Abend des 20. Februar 1978, dass es in der Realität und in der Renaissance, an Tagen von äußerst klarem Licht, Abenddämmerungen gibt, »wo der Himmel bei aller Bläue durchsichtig bleibt, die Bäume stehen sehr deutlich, graphisch differenziert und zugleich plastisch davor.«[1]

In den Arkaden der Sprache sollte diese Vorbemerkung heißen, eine Reminiszenz an Walter Benjamin, der in seinem Aufsatz über *Die Aufgabe des Übersetzers*, einer Vorbemerkung zu seiner Übersetzung der *Tableaux parisien* von Charles Baudelaire, die Ansicht vertrat, dass die wahre Übersetzung durchscheinend sei, das Original nicht verdecke, ihm nicht im Licht stehe, sondern eine Arkade bilde, durch deren Bögen Licht auf das Original fällt.[2]

In ihrer Vorbemerkung lässt Henriette Beese ihre ebenso gelehrten wie verdichtenden Maximen und Reflexionen über Lyrik und Übersetzung Revue passieren:

1976 war ihre 1974 erfolgte Dissertation *Nachdichtung als Erinnerung* im Agora Verlag erschienen, eine allegorische Lektüre einiger Gedichte von Paul Celan, in der sie darüber reflektiert, »was *Nachdichtung* sein kann, daß die *Übersetzung* erst treu wird, wenn sie untreu ist; daß, was Übersetzung, Übertragung, Nachdichtung heißt, nur eins von den vielen Mitteln der Lyrik ist, mit der früheren zu korrespondieren, sie fortzusetzen, ihr zu antworten; und, sehr melancholisch, wie Nachdichtung nachher und Erinnerung ist«[3].

1977 begann Henriette Beese mit der Niederschrift ihrer Studien zu Dichtungen von Scève, Ronsard, Shakespeare, Goethe, Mallarmé und Trakl, die sie unter dem Titel *Lyrik lesen*[4] allen Teilnehmern an ihren Seminaren der Jahre 1970 bis 1978, in denen hermetische Poesie interpretiert wurde, widmete:

> »Und vor einem Dreivierteljahr hab ich wieder über Lyrik geschrieben, über das Lesen von Lyrik: wie gerade in Texten des 16. Jahrhunderts, die einem strengen Muster folgen, Affekte lesbar werden können, die unsere Poesie verloren hat. Mit den Konventionen der Liebesdichtung hat sie auch die Möglichkeit der Abweichung und Belebung verloren, und damit fast jegliche Sprache für Eros. Auch da schrieb ich von der Identifikation und in ihr, dachte aber nicht daran, sie lyrisch zu vollziehen.

Vor vier Wochen schrieb ich das Sonett 129 von Shakespeare deutsch nieder, ich wunderte mich sehr. Dann ging es weiter, und gestern endete es bei Sappho.

Ich mag nicht in einem Vorwort nachträglich schreiben, was ich vorher geschrieben habe. Aber ich kann einige Überlegungen anstellen, was, und womöglich warum ich es getan habe.

Ich habe Sappho ans Ende gestellt, denn mit ihr beginnt die abendländische Liebeslyrik. Ich habe am Anfang einen Text von Mallarmé eingeschoben, denn die ganze Schönheit der narzißtischen *stérilité* ist für einige von uns immer noch notwendig, um über sie hinaus- oder zurückzukommen. Ich habe Louize Labé anders übertragen als Rilke es getan hat, denn der Platonismus in der Liebe der Renaissance (und im Übersetzen) bedeutet nicht eine Angleichung, sondern eine Alienation und Verdopplung der Beteiligten. Ich habe einige Sonette von Shakespeare noch einmal mir vorgenommen, obwohl ich weiß, wie viele deutsche Übertragungen es schon gibt, denn mir scheint, daß Shakespeare sprachlich, geschichtlich und affektiv unerschöpflich ist. Ich habe den Gedichten Titel gegeben, denn eine Andeutung von philologischem Kommentar kann ich nicht lassen. Ich habe mitunter die grammatischen Geschlechter geändert und sie meiner Situation angeglichen, denn die Formen des 16. Jahrhunderts konnten ohnehin in mancherlei Richtung gewendet werden: mit Louize Labé stimme ich überein, Shakespeare schrieb im wesentlichen auch an einen Mann, die Neigung von Petrarca, Scève, Ronsard und Sidney ließ sich in den von mir ausgewählten Gedichten leicht umkehren. Ich habe den Petrarkismus, in der Auswahl wie in den einzelnen Bearbeitungen, von der Betonung des Leidens zu einer freundlicheren Betonung hin verfälscht, denn Ambivalenzen und Ambiguitäten gibt es auch so noch genug, und in zuviel Seufzen und Klagen konnte ich mich nicht einfühlen. Geschichtsphilosophisch halte ich die Einfühlung in jene alten verliebten Texte zwar für unmöglich, affektiv aber läßt sie sich vollziehen, und Roland Barthes mit seinen *fragments amoureux*[5] hat mir Mut dazu gemacht.«[6]

2

»Henriette Beese kann, was sie, mit dem absoluten Gehör der Übersetzerin betraut, leistet und herstellt, auch noch gestisch und stimmlich unterfüttern – und mit einem Lachen aus sich herausschütteln: Renaissancegedichte«, erinnert Hanns Zischler an die gemeinsame Zeit der Lektüre und Lektionen am Seminar von Peter Szondi.[7]

Als Student, der alsbald zum Künstler heranreifte, konnte Hanns das artistische Kalkül an Henriette ablesen, wohingegen die sich mit genitalischem Ernst auf universitäre Karrieren vorbereitenden Kommilitonen, geleitet von Berührungsängsten, mit Scheu bis hin zu Abscheu die polymorph-perversen Umtriebe von Henriette verfolgten, selbst wenn sie ihr wegen ihrer geistigen Befähigung Respekt zu zollen hatten. Henriette war für sie kontaminiertes Gelände, denn sie verkehrte bereits mit Professoren, die diese allererst noch werden wollten.

Blitzgescheit von Verstand und überaus mit Vernunft begabt, zielte die von ihr ins Werk gesetzte Selbststilisierung nicht emanzipatorisch auf weibliche Selbstverwirklichung ab sondern verfolgte im expansiven Selbstentwurf die Überschreitung der Geschlechtergrenzen korporell wie politisch gegen jede normative Setzung. Denn Subjektivität verstand sie nicht als Setzung, sondern »als Arabeske, als gelinde Abweichung einer vorgegebenen Form«[8].

Mit Entfaltung und Auslegung ihrer Anlagen durch Hingabe an den Rausch der Ambiguitäten und Mehrdeutigkeiten hat sie die von Benjamin konstatierte und von uns Studenten beklagte Kluft zwischen Erlebnis und Erfahrung überwinden wollen. Mit theatralischem Vokabular und performativen Auftritten durchaus künstlerisch den Zwiespalt zwischen Leben und Werk überbrückend. Eine Exposition und Exhibition, wie sie sonst nur einer Künstlerin wie der gleichaltrigen Rebecca Horn damals zu Gebote stand. Dem im Kunstwerk ihrer selbst aufgehobenen Subjektverlust begegnete Henriette mit Nonchalance – einer im 17. Jahrhundert aufkommenden Haltung aus Unbekümmertheit und Gleichgültigkeit.

So hat sie Lyrik an und für sich ausagiert, ganz im Sinne des Wortes von Günther Anders: »Wie man spricht, so wird man.«[9]

3

In ihrem Nachwort *Transvestie* zur Publikation *Wechseltausch,* einem Traktat über Probleme des Übersetzens, wendet sich Henriette Beese 1995 an Lyrikleser, »die jene Funktion der Übersetzung gebrauchen können, die darin besteht, das zärtliche und/oder streitende Gespräch zwischen Sprachen, Zeiten, Dichtern und übrigen Geschlechtern zu veranschaulichen.«[10]

Daher erklärt sich auch der Titel dieses Nachworts, *Transvestie.* Zum einen ging Henriette Beese von dem Wort aus, ›Travestie‹, weil es in Goethes berühmter Einteilung der Übersetzungsarten vorkommt, und weil es ebenso wie ›Bearbeitung‹, ›Paraphrase‹, ›Parodie‹, ›Anleihe‹, ›Zitat‹ etc. eine der verschiedenen Möglichkeiten bezeichnet, wie ein späterer Text mit einem früheren umgehen kann:

»›Travestie‹ müßte in buchstäblichem Latein ›Transvestie‹ heißen. Der Sprachgebrauch hat sich anders entwickelt; ›Travestie‹ ist für uns eine Form der Literatur, wie die Übersetzung eine sekundäre, jene Art der Nachahmung eines bedeutenden Vorbildes, welches dieses seiner Erhabenheit beraubt, es down to earth bringt, es zeitlich, sozial, affektiv brauchbarer macht; ›Transvestiten‹ hingegen sind Leute, die sich umziehen, vornehmlich, um die Kleidung des anderen Geschlechts zu tragen. Die Wortform ›Transvestie‹ habe ich aus zwei Gründen gewählt:

Zum einen, weil in den theoretischen Texten zum Thema Übersetzung mit schöner Regelmäßigkeit die Metapher der Bekleidung auftaucht – die Übersetzung sei dasselbe Geschöpf in einem anderen Kleid (klassisch etwa bei Wilamowitz[11], aber selbst bei Benjamin kommt noch ein faltenreiches Gewand vor[12]). Obwohl ich an der Selbigkeit des Bekleideten zweifle, leuchtet mir die Einkleidungsmetapher ein, denn: Wer sich umzieht, bleibt nicht derselbe, sondern entfaltet die verschiedenen Möglichkeiten seiner selbst. Auch Wilamowitz dürfte, ohne sich dessen bewußt gewesen zu sein, im Schlafrock einen anderen Gang gehabt haben als im Frack. Am Anfang der *Königin Christine* läuft Greta Garbo in Jünglingsgewandung umher und sieht aus, schlicht und einfach wie eine Frau, die Hosen und Stiefel trägt. Wenn sie aber zum ersten Mal im gewaltigen weiblichen Barockkostüm auftritt, wirkt sie ausgesprochen wie ein Transvestit. Was unter, hinter der Bekleidung ist, ändert sich mit dieser.[13]

Ein Liebesgedicht kann von einem verliebten Menschen zum Zwecke der Identifikation gebraucht werden, zur Artikulation und Entfaltung seiner eigenen, nach Sprache suchenden Gefühle – und in diesem Falle ist es vollkommen gleichgültig, ob der Text, in dem er seine Affekte lesen, mit dem er sie sagen kann, sich Original oder Übersetzung nennt. Ganz anders sucht jemand nach Brauchbarem, der die Literatur einer Fremdsprache, die er nicht hinreichend oder gar nicht versteht, kennen lernen möchte. Da er den fremden Text nun einmal in der eigenen Sprache nicht haben kann, wird er am besten zweisprachige Ausgaben gebrauchen können, die entweder nüchterne Prosa-Übersetzungen nebst beschreibenden und interpretierenden Anmerkungen über formale Charakteristika und Mehrdeutigkeiten bieten, oder aber für jedes Gedicht mehrere unterschiedliche Übersetzungen abdrucken.

Wer die Poesie als Überlebensmittel schätzt und außerdem mehr als nur seine Muttersprache versteht, sieht den Gebrauchswert von Übersetzungen in der Erfahrung, wie sie Wahlverwandtschaften und Meinungsunterschiede, Annäherungen und Widersprüche zwischen Sprachen, Epochen, Stilen und einzelnen Dichtern verkörpern.«[14]

4

Am Beispiel von Übersetzungen der Sonette von Louize Labé hat Henriette Beese in ihrer Transvestie des übersetzerischen Aktes auf einige Phänomene hingewiesen, die neben den Wandlungen in Zeit und Sprache zugleich einen Wechsel des realen und sozialpsychologischen Geschlechts ausmachen:

»Dieser kleine Sonettzyklus ist, den literarischen Gepflogenheiten der Zeit entsprechend, eine Anwendung des Petrarkismus. [...] Bei Petrarca und den meisten Petrarkisten war das Ich ein Mann und das Du eine Frau; aber das Schema bot auch die Möglichkeit anderer Verwendungen – so gab es einen homoerotischen Petrarkismus, am gewaltigsten in den Sonetten von Michelangelo, sowie Frauen, die ihre Gedichte an Männer richteten, am sublimsten Vittoria Colonna.

Die grundlegende Konstellation der petrarkistischen Liebesdichtung ist für unsere heutigen Gewohnheiten der sozialpsychologischen Geschlechterrollen etwas fremd – der Mann klagende, bittende, wartende Hingabe, die Frau ferne, schöne, souveräne Gnadeninstanz. Diese Rollenverteilung – und die Leichtigkeit, mit der sich das literarische Prinzip auf andere Geschlechter anwenden ließ – ist für uns vielleicht verständlicher, wenn wir an die zeitgenössische Formulierung von Roland Barthes in seinen *Fragments d'un discours amoureux* denken, wonach der Teil, der stärker liebt, unweigerlich der passive, wartende, sesshafte und damit, was immer sein Geschlecht sein mag, unsern sozialpsychologischen Rollenbestimmungen nach, der weiblichere. Wer wartet, ist nicht nur *féminisé*, er hat auch Zeit, Gedichte zu schreiben – und im Petrarkismus schrieb man Gedichte, um vorzustellen, daß man wartet. [...]

Als seit dem letzten Fin de siècle die Dichtung der Renaissance wieder interessanter wurde, weil man der etwas eintönigen Individualität müde war, weil man den Eindruck hatte, von Epochen der Poesie lernen zu können, in denen Subjektivität nicht als Setzung, sondern als Arabeske, als gelinde Abweichung einer vorgegebenen Form von Gedicht und Gefühl vorkam, gedachte man auch durch Übersetzen von jenen Zeiten zu lernen. George übersetzte Shakespeare, und Rilke übersetze Louize Labé.[15]

Rilke übersetzte überhaupt gern Frauen, spielte buchstäblich den poetischen Transvestiten. (Dafür muß man nicht seine Mutter verantwortlich machen, die ihn lange in Mädchenkleider steckte.) Aus seiner Vorstellung davon, was weiblich sei, folgte, daß Louize Labé wesentlich sanftmütiger erschien als in ihrer Epoche. Freilich auch, aufgrund des Zeit- und Stilabstands, viel differenzierter. So etwa im letzten Vers des vierten Sonetts: Amor zwingt die Liebenden, ›sich an den Starken stärker aufzulehnen‹. Die intrikate Verschlingung von Auflehnen und Anlehnen, die grammatische Verstörung bei großer affektiver Überzeugungskraft beschwört das Bild eines Wesens, das gerade seine Stärke findet, wenn es sich an jemand anschmiegt. Mit modernen Sprachmitteln hergestellt, ist dieses Bild von Louize Labé zwischen kriegerischer Pagenkleidung und petrarkistischer Hingabe, andererseits ein Bild von Weiblichkeit, das Rilke darstellt, zwischen anlehnender Sensitivität für alle Eindrücke und Auflehnung gegen alle Einschränkungen des Liebesvermögens.

In anderen Versen ist die von Rilke figurierte Louize Labé eindeutiger in ihrer Rollendefinition. Einem von Aristoteles abgeleiteten Topos entsprechend erscheint das liebende Weib im 7. Sonett nicht nur als Körper gegenüber der vom Mann symbolisierten Seele, sondern damit auch als minderwertig: ›Du bist das Feine, ich bin das Geringe.‹ Und solche Unterwürfigkeit führt alsbald zur zart formulierten Obszönität: ›Laß sanfter in mich deine Schönheit gleiten.‹[16] Bestätigt, begründet wird erst das Herrschaftsverhältnis in der Rollenverteilung nicht ohne einen Hauch von Ironie, alsdann fordert dies weibliche lyrische Ich den metaphysischen Herrn und Gebieter auf, die Männlichkeit nicht zu übertreiben. Der Transvestit Rainer Maria begehrt nach einem Softie (ich gebrauche die Vornamen metaphorisch nicht biographisch).

Neoplatonisch statt aristotelisch geht es im 18. Sonett zu. Es mischt zwei Topoi, nämlich die Liebenden seien die Hälften eines ursprünglichen Hermaphroditen, sowie die Liebe auf den ersten Blick, das *Innamoramento*, vollziehe sich als Austausch von Lebenskraft, von spiriti, die aus dem Herzen kommen, durch Blut und Blicke transportiert werden:

›O daß wir also, kaum mehr unterschieden, / glückströmend in einander übergehen‹.[17] Die neoplatonischen Allegorien sind verborgen unter dem Wohllaut der Verse und der Gefühle, das Ideal der im Gedicht vorgestellten Frau ist, mit dem Geliebten so eins wie möglich zu werden.

Ein Spiel zwischen Stärke und Schwäche, eine Unterwerfung, die Sanftheit erheischt, ein Wunsch nach Vereinigung, die Einheit verspricht, dies Bild einer Liebenden ist mit den fortgeschrittensten Mitteln der sprachlichen Differenzierung gezeichnet und läßt dabei die Konventionen von Lieben, Denken und Dichten aus der Renaissance durchscheinen.

Eine sehr andere Transvestie der Louize Labé spielte danach Paul Zech.[18] Er war zweifach anderer Meinung als Rilke: Sein weibliches lyrisches Ich ist weniger sanft und unterwürfig; und in seiner Technik der Übertragung entfallen sämtliche Metaphern, die Bildungsgüter der Renaissance implizieren. Das Ich seiner Nachdichtungen ist nicht mehr ein zarter Zwitter aus Jugendstilornament und Neoplatonismus, sondern eine relativ emanzipierte Frau in der ersten Hälfte des 20. Jahrhunderts. Die ›Stärke‹ im 4. Sonett, die Amor den Liebenden aufzwingt, wird zur Kraft, sich hingeben zu können und im nächsten Augenblick alles Begehren nach innen zu nehmen, zu verbergen – und einigermaßen beherrscht in regennassen Straßen herumzulaufen: ›Ich aber will nur so beglückt zergehen, / daß ich mich wie ein wundes Tier / verkrieche und die Gier / nach innen bohre … und darüber rinnt // der Regen hin … und trifft ein Kind, / das hat mich weinen sehn.‹[19] Entsprechend übersetzt sich die geschichtsbeladene Unterscheidung zwischen Mann und Seele gleich Körper in den bitteren zeitgenössischen Vorwurf: ›Ich habe dich mein Leben lang gehegt / und bin doch nur ein Ding // geblieben, das du immer übersiehst.‹[20] Und im 18. Sonett tritt an die Stelle der Wunschvorstellung harmonischer Einheit der permanente Wechsel von Selbstverachtung und Triumph, der Austausch von Geben und Nehmen, ›bis der Arme endlich reich, / der Reiche wiederum arm geworden ist‹.[21]

Wenn Rilkes Transvestie neben den schlechterdings schönen Versen ein Bild des lyrischen Ichs vermittelt, dann ist dies eine hochgebildete, anmutige Frau, ich würde denken, mit so hellblond gekringelter Frisur wie Lou Andreas-Salomé, die alle seit der Renaissance vermittelten Wunschvorstellungen bürgerlicher Frauen teilt, sie aber erstaunlicherweise in wunderbarer Lyrik zu artikulieren weiß. Im Gegensatz dazu hat das lyrische Ich bei Paul Zech eine schwarze Pagenfrisur wie Else Lasker-Schüler, ist aber weniger märchenhaft als diese gestimmt, sondern schwankt zwischen unvermeidlicher Verliebtheit und erheblichem Ärger über die dafür vorgesehene Rolle. Dementsprechend sind seine Sonette zwar noch gereimt, aber von unterschiedlicher Verslänge.«[22]

5

»Als ich selbst Liebesgedichte der Renaissance, darunter einige von Louize Labé, übersetzt habe, lag meine Lektüre von Rilke und Zech so lange zurück, daß ich mich nicht mehr bewußt mit ihnen gestritten habe. Ich sehe erst nachträglich, inwiefern ich anderer Meinung bin. Als ich mich in die Texte von Louize Labé zu verkleiden suchte, war ich vor allem davon fasziniert, wie sie die Topoi ihrer Zeit – die bis heute ideologisch nachwirken – abwechselnd oder zumindest ambivalent gebrauchte. Zum Beispiel der Schlußvers des 4. Sonetts: ›Mais pour plus fort contre les fors paroitre.‹[23] Ich weiß, daß dieses ›paroitre‹ keine übermäßig emphatische Bedeutung hat, aber immerhin steht es als Reimwort. Amor, Eros, die Liebe, so lese ich, macht uns keineswegs stärker als wir waren, sondern vermittelt uns die Fähigkeit, stärker zu scheinen als wir sind, also Theater zu spielen, also nicht unsere Identität zu festigen, sondern im Gegenteil uns zu diversifizieren. Deswegen fand ich, auch wenn ich aufgrund meiner Ideale von deutscher Lyrik im späten 20. Jahrhundert keine Reime mache, das letzte Wort des Gedichts müsse von dieser theatralischen Stärkung handeln: ›Der Stärke gegenüber läßt er uns stark erscheinen.‹

Eben solche Zerstreuung, vor der endgültigen Eingrenzung des neuzeitlich-abendländischen Subjekts, fand ich auch in anderen Gedichten von Louize Labé. Wenn es etwa im 18. Sonett heißt: ›Lors double vie à chacun en suivra. / Chacun en soy & son ami vivra‹[24], dann kann das natürlich platonisch meinen: Wir werden eins sein. Aber es kann ebenso gut meinen: Wir werden vier sein, keineswegs werden wir zur wiedergewonnenen Einheit des ursprünglichen Hermaphroditen gelangen, sondern, was entschieden weniger langweilig ist, wir werden uns durch die Erkenntnis des anderen jeweils verdoppeln, es werden zwei nachträgliche Hermaphroditen entstehen. Da das ganze Gedicht ein ziemlich verspieltes ist, konnte ich es nicht lassen, meine Lesung in Zahlen aufzuschreiben: ›Werden wir ein vierfach Leben haben, / Jeweils in uns selbst und im

Geliebten.‹ Dass es sich bei den sonderbaren Bewußtseinsvorgängen nicht um Angleichung, sondern um Vervielfältigung der Liebenden handelt, ist mir besonders im letzten Terzett, genauer im letzten Vers eindrücklich: ›Toujours suis mal [...] // Si hors de moy ne fay quelque saillie.‹ In der Hoffnung, ich könnte es manchmal, habe ich übersetzt: ›Außer wenn: ich spring ein wenig außer mich.‹

Mit diesen kleinen Fragmenten möchte ich andeuten, daß ich hoffe, die Verkleidung zwischen Louize Labé und mir möge ein Wesen zeigen, das jene Möglichkeiten von Liebe und Liebesdichtung ausspricht, die nach der Renaissance nicht nur von Frauen, sondern auch von Männern seltener bedacht wurden, die nicht auf Wahrheit und Einheit gerichtet sind, sondern im gegenseitigen Spiel von ›gewidmeten Ichs‹[25] sich zerstreuen und verschwenden.

Wer Liebesgedichte übersetzt, tut dies wohl meistens in einem Verhältnis zu eigener Verliebtheit. Zugleich stellt sich eine Art Liebesverhältnis zum Text her, der übersetzt wird. Rilke und Zech legen Louize Labé, der *belle cordelière*, die Wünsche an einen Mann in den Mund, die sie selbst gern erfüllen würden; George versucht, gemäß seinen ästhetizistischen Bräuchen homoerotisch mit Shakespeare zu kommunizieren; ich möchte lesbisch mit Louize Labé die Kleider oder die Hosen tauschen.«[26]

6

Nach einer ›immanenten‹, ›strukturalistischen‹ und ›historischen‹ Anlayse des Zehnzeilers *Spiegelflucht*, Nr. 46 aus dem der Mondgöttin Delia gewidmeten Zyklus von Maurice Scève (vgl. S. 24 und S. 59 dieses Buches), wird für Henriette Beese bei ihrer Recherche *Lyrik lesen* die ›neurotische‹ oder ›psychotische‹ Lektüre eines petrarkistischen Gedichts zum Exempel des von Roland Barthes vorgestellten *discours amoureux*:

»Ich als verliebtes Sub-jekt, Unterworfenes, *en servitude*, identifiziere mich mit jedem Wesen, das in einem vergleichbaren Verhältnis die mir gleiche Rolle einnimmt.[27] Der Leser Barthes identifiziert sich mit Werther, der Leser Scève identifiziert sich mit Aktäon, ich identifiziere mich mit dem lyrischen Subjekt von Scèves Gedicht.

Wenn ich bei der Lektüre des Gedichts gerade verliebt bin, werde ich dankbar für diese Identifikationsmöglichkeit sein, denn ich mache die gleiche Erfahrung, aus der heraus Roland Barthes die Vorbemerkung zu seinem Buch schreibt, ›daß nämlich der Diskurs der Liebe heute von extremer Einsamkeit ist; ignoriert oder entwertet oder gar verspottet wird und der Bejahung bedarf.‹[28]

Als eine solche Affirmation gebrauche ich den Text von Scève, wenn ich ihn zur *parole* meines Verliebtseins mache, wenn ich mich neurotisch mit ihm identifiziere.

Dieser Gebrauch vermittelt dabei eine historische Erkenntnis: Ein petrarkistisches Gedicht ist kein reines Gesellschaftsspiel, kein reines Bilderrätsel, seine Themen wie seine Techniken, seine Metaphern wie seine Paradoxa haben einen affektiven Grund, der auch heute noch nachvollziehbar ist.«[29]

Nach dieser ›neurotischen‹ treibt Henriette Beese ihre Lektüre in ›psychotische‹ Gefilde, dem Beispiel einer Proust-Lektüre von Deleuze[30] folgend, in der die Wesen aus *Sodom und Gomorrah* jeweils ursprüngliche Hermaphroditen sind, in dem die beiden Geschlechter radikal nicht kommunizierende Röhren sind und eines dritten Elementes, einer Transversale, bedürfen, um zu kommunizieren:

»Ebenso in Scèves Gedicht: Liebender und Geliebte, Bitteres und Süßes sind im Vexierbild von Metapher und Syntax ineinander verschachtelt, zusammengefaltet, impliziert. Explizieren sie sich aber, so erweisen sie sich als gänzlich getrennt: Syntaktisch sondern sich die Bestandteile des Oxymorons voneinander; es bleibt rätselhaft, wie *la chose* je ins System der Spiegel und der Reime hineingeriet; das Verhältnis zwischen der vom Sprechenden her nicht qualifizierbaren *Celle* und ihm selbst ist metonymisch und nicht metaphorisch, das heißt es gibt gemeinsame Örter *(ou l'esprit de ma vie repose)*, aber keine Ähnlichkeit zwischen ihnen. Beide gemeinsam sind der ursprüngliche Hermaphrodit, zusammengehörig, weshalb, wenn das eine entflieht, es zugleich vom andern verfolgt wird, aber – anders als das platonische Kugelwesen – voneinander getrennt, ohne Kommunikation – das Ich redet sie noch nicht einmal an –, sie bedürfen eines dritten Elements, um zu kommunizieren. Diese Transversale ist Amor. Er benutzt die Haare der Geliebten als Netze für den Liebenden. Er wird angerufen, die Kommunikation herzustellen – wenn er, der es könnte, es nicht tut, ist er kein antithetischer Gott mehr, sondern nur noch einer der Bitternis. Und gleichzeitig: Die ›sinnlose‹ Struktur, die ›sinnlosen‹ Lautwiederholungen bilden Transversalen zwischen den auseinanderfallenden Deutungseinheiten des Gedichts.

So gebrauche ich Scèves Gedicht, um mir ein Bild von der psychotischen Sexualität zu machen. Ich mache es zu meiner *parole*, in der ich mich nicht mehr als Individuum, als Subjekt mit einem anderen Subjekt identifiziere, sondern in der sich Individuation auflöst.«[31]

7

Lieber Gerhard,
ich weiß nicht, ob ich Dir wünschen soll, noch oder wieder affektiverweise für solche Texte Verwendung zu haben – aber dann hoffentlich aesthetisch. Cher cousin, hier hast Du Deiner Cousine mittlerweile nicht mehr liebstes, aber gewiß bisher hübschestes Kind!
Deine Henriette

So lautet Henriettes Widmung an mich in der Erstauflage der *33 Liebesgedichte* aus dem Jahre 1984.

In einem unpublizierten Essay hat Henriette Beese am Schicksal zweier Ikonen des 20. Jahrhunderts, Greta Garbo und Maria Callas, die *Epiphanie des Weibes*[32] heraufbeschworen. Für den Text über die Callas hatte ich ihr Material aus meiner Callas-Sammlung überlassen:

»Einer meiner dauerhaftesten Freunde gehört seit seiner Gymnasialzeit zu der eigenartigen Gruppe innerhalb der abendländischen Musik- und Gefühlskultur, die von der Oper, ausgerechnet der italienischen Belcanto-Oper, fasziniert war. Obwohl oder weil er ein sehr reflektierter und selbstironischer Mensch ist, schämt er sich seiner Knabenschwärmerei nicht und setzt sie gedämpft, aber beharrlich fort. Er gab mir einiges an Material für diesen Abschnitt meiner Arbeit, darunter eine Mappe mit Zeitungsausschnitten – gesammelt bei Gelegenheit der Konzert-Tourneen in Deutschland 1959, 1962 und 1973, vom ordinärsten Klatsch der Boulevardpresse bis zum geschmäcklerisch-strengen Tratsch der gehobenen Feuilletons; dazwischen liegt eine Eintrittskarte. Und er suchte eins der Bilder von tumultartigem Schlußapplaus hervor: ›Schau, diese Rose war von mir, ich saß im Rang, und sie gelangte nicht ganz bis zu Bühne, dieser ältere Herr hier hob sie auf und reichte sie ihr hinauf, und dann trug sie meine Rose am Décolleté.‹

Ich selbst las zu jener Zeit Schönbergs *Harmonielehre*, musiktheoretische Schriften von Adorno und besuchte die Darmstädter Tage für Neue Musik. Vermutlich mein schlechtes Gewissen mit Adornos relativ frühen Essays über die Oper als solche, *Carmen* und über den triebfreundlichen Schreker beruhigend (*Naturgeschichte des Theaters, Fantasia sopra Carmen, Schreker* in *Quasi una fantasia*[33]), aber doch irgendwie abgespalten von meinen sonstigen musikalischen Intereressen, liebte ich daneben die Callas, wenngleich verhaltener als jener Freund. Heute wünschte ich nur, es gäbe auch für mich eine solche Geschichte mit der Rose. Stattdessen:

Die Mappe mit den Zeitungsausschnitten … und die Dokumente mit den Wirkungen der Callas auf verschiedenartigste Zeitgenossen: Die schriftlich eingestandenen Tränen von Ingeborg Bachmann[34]. Ein noch seltsameres Dokument, Yves Saint-Laurent, der nicht nur posthum ein Kleid für die Callas zeichnet, sondern überdies in die Rhetorik des französischen Prosagedichts gleitet:

›Mutige Sirene, die Dünung des Ozeans schneidend, deren Magnetismus die Hörer an den Riffen ihrer Modulationen und Resonanzen Schiffbruch erleiden ließ. Diva unter den Diven, Herrscherin, Königin, Göttin, Hexe, fordernde Magierin, Göttliche. Erhabene, Verheerende, Explosive, Nachtigall, Turteltaube. Regenbogen von Licht, Katarakt des Niagara, Unterströmung, Abgrund eines bodenlosen Schachtes in den Tiefen der höllischen Schmiede. Kristallener Wasserfall, Schleierband im Hauch des

Sonnenaufgangs entrollt, Eingeweide der Erde, Gedärm des Minotaurus, Honigstrom, Sumpf, Treibsand, darin wir versinken, uns vergessen und verlieren. Du wirkst ein langes Spinngewebe aus Fäden, Schnüren, Knoten, Gurten, darin wir uns verstrickten. Du hast den Zauberkreis deiner Arme ausgebreitet und die Menge ist verstummt. Du hast gesungen, und wir wußten nicht, daß die Apotheose eine Sintflut maskierte. Alles schmolz, alles schwankte, alles starb den Liebestod. Deine schweren Mäntel der Tragödie waren leichter als Libellenflügel. Du schweiftest, du liefst, du sprangst, du erreichtest unerforscht schwindelnde Höhen, jungfräuliche Gipfel, welche du in Zartheit überstiegst, als sei es nichts, um noch höher zu fliehen, noch ferner, und einzudringen ins ewige Muster von Planeten und Sternen. Und deine Stimme in ihrem Kristallkelch hat jenen nicht standgehalten, die vermeinten, sich an Champagner zu berauschen, während es doch ein magischer Liebestrank war, der ins Firmament der zerbrechlichsten Träume führte. Ihre plumpen, ungelenken Hände haben den Kelch zersplittert. Deine Stimme hat sich verflüchtigt. Diese unreine, gemeine, verfaulte Luft hat sie verlassen… Aber es ist eben nicht nur die Stimme, die fort ist. Die ist sogar geblieben, in den schwarzen Särgen der Gesamtaufnahmen, selbst wenn es sich um solche handelt, die paradoxerweise ‚live' heißen. Ebenso Rest, Spur, Fragment wie Photographien und schriftliche Zeugnisse, weit abgetrennt. Auf jeden Versuch den mumifizierten Klang lebendig zu begehren, folgt notwendig: *Mortelle silence, / Vaine espérance* ...‹«[35]

8

Totenstille / vergebliche Hoffnung lautet der Schlussvers übersetzt aus der Lamentation »J'ai perdu mon Eurydice« des Orpheus aus Glucks *Orphée et Eurydice*. Über Tod und Verklärung der Maria Callas hat Henriette Beese am Ende ihrer Reminiszenz an die Primadonna geschrieben:

»Die Behauptung, die Callas lebe in der Erinnerung oder auf Schallplatten weiter, ist eine schöne Metapher dafür, daß sie eben nicht mehr lebt, und die Rede vom erfüllten Leben, das meist früh endet, verschweigt, daß sie in tiefer Depression sich hat sterben lassen (und außerdem gibt es auch lange erfüllte Leben). Es ist hingegen darauf zu beharren, daß die Callas nicht an ihrer Hingabe ans Leben, sondern an der Zurückweisung durch die Verhältnisse, die nicht so sind, gestorben ist. Was Yves Saint-Laurent in seinem poetischen Anfall vom

Kristallkelch, in ungeschickten Händen zerbrochen, schrieb, hat Werner Schroeter in dem wunderschönen Nachruf *Der Herztod der Primadonna* konkreter gesagt: ›Sie schien die Illusion zu hegen, die Kräfte ihres Temperaments ließen sich im privaten und im halböffentlichen, gesellschaftlichen Auftritt ebenso erfolgreich, ebenso befriedigend einsetzen, könnten ebensoviel Resonanz finden wie im Auftritt auf der Bühne, und das erwies sich als tödlicher Irrtum: Diese Art von Tod hätte man zweifellos zu den gemütvolleren Zeiten von Novalis *an gebrochenem Herzen gestorben* genannt.‹[36]

Mit dem realen Tod gibt es keine Versöhnung, und technische Reproduktionen, wie viel Aura sie selbst inzwischen angesetzt haben mögen, sind sowenig Fortsetzungen des Lebens wie Erinnerungen. Aber das schließt nicht aus, daß die toten und umhergeisternden Spuren und Reste, die vehement bezeugen: es *war* Leben, wiederum lebendige Wirkungen ausüben können. So scheint es zum Beispiel Hector Biancotti gegangen zu sein. In seinem Hommage-Artikel, fünf Jahre nach dem Tod der Callas geschrieben, evoziert er zunächst erinnerte Erfahrung: ›Diese Stimme war ganz ungewöhnlich sexuell, von einem gewaltsamen Begehren getragen und vorangetrieben, aus dem anderen Funken zu schlagen – in ihm den

Widerklang der dunklen, hellen, gemurmelten, rauen, glücklichen, schmerzlichen Töne zu wecken, wie in der Liebe.‹ Dann erzählt er, wie er jedes Mal, wenn ihm eine Melodie durch den Kopf geht, diese von der Callas gesungen hört, nicht nur Arien, die zu ihrem Repertoire gehörten, sondern auch solche, die anderen, zum Beispiel männlichen Stimmlagen entsprechen, und sogar Instrumentalstücke. Obwohl offensichtlich produktiv für seine ästhetische Phantasie, kommt ihm das Phänomen doch ein wenig unheimlich vor. ›Was will sie eigentlich, diese Stimme in mir? Die Abwesenheit des anderen ausfüllen?‹[37]

Meine eigene Erfahrung ist auch ein bißchen irrational. Vor einigen Jahren träumte ich, ich hätte einen Essay geschrieben, dessen Inhalt ich beim Aufwachen nicht erinnerte, wohl aber den Titel: *Über Anmut und Würde im außermoralischen Sinne*. Natürlich sah ich, daß mein Traum Schillers moralische Veranstaltung *Über Anmut und Würde* mittels Nietzsches von mir sehr geliebten Text *Über Wahrheit und Lüge im außermoralischen Sinn* korrigieren wollte, unterstützt vom Wohlklang der Vokale. Außerdem gefiel mir der Titel, und ich hätte gern etwas unter ihm geschrieben, wenn ich nur wüßte, wie Anmut und Würde im außermoralischen Sinn zu begreifen sind. Ich sehe inzwischen ein, geträumte Texte kann ich nicht schreiben. Aber wenn ich die Callas höre, den Wechsel zwischen frivoler, zärtlicher und raubtierhafter Drohung in ›et si je t'aime, prends garde à toi‹ (*Carmen*, III, 1), den mörderischen Ausbruch der Tosca und den zarten Irrsinn der Ophelia, die gewaltige Sehnsucht des Orpheus, wenn dies Hören sich mit Bildern und biographischen Assoziationen begleitet, dann glaube ich zu ahnen, was Anmut und Würde im außermoralischen Sinn ist, und dass ich es zwar nicht definieren, aber paradoxerweise trotzdem ein wenig davon lernen kann.«[38]

9

Als Motto zur Vorbemerkung der Edition ihrer Übersetzung der *33 Liebesgedichte* hat Henriette Beese Friedrich Nietzsche zitiert:

> »Die Kunst versieht nebenbei die Aufgabe, zu konservieren, auch wohl erloschene, verblichene Vorstellungen ein wenig aufzufärben; sie flicht, wenn sie diese Aufgabe löst, ein Band um verschiedene Zeitalter und macht deren Geister wiederkehren … Wenigstens auf Augenblicke wird die alte Empfindung noch einmal rege und das Herz klopft nach einem sonst vergessenen Takte.«[39]

10 Biographische Notiz

Zusammen mit ihrer Mutter, der Autorin Pola Veseken, habe ich nach dem Tod von Henriette Beese unter dem Titel *Anmut und Würde* ein Konvolut ihrer Schriften zur Edition vorbereitet, das bis heute noch keinen Verlag gefunden hat. Den Texten haben wir einen kurzen Abriss von ihrem Leben und Werk vorangestellt:

Henriette Beese, 28. 11. 1944 – 17. 12. 1998, ist in Oranienburg bei Berlin geboren. Als Tochter von Friedrich Beese, Medizinstudent, später Psychoanalytiker und Ewa, geb. Polenske, Studentin der Kunstgeschichte, später Lehrerin und Autorin unter dem Pseudonym Pola Veseken. Sie verbrachte ihre Kindheit und Jugend nach der Scheidung ihrer Eltern in Schienen am Bodensee und Gräfenhausen bei Darmstadt.

Nach dem Abitur studierte sie Japanologie und Anglistik und vor allem Soziologie bei Theodor W. Adorno in Frankfurt am Main. Ab 1965 an der Freien Universität Berlin beteiligte sie sich intensiv an den damaligen politischen Aktivitäten und betrieb hauptsächlich das Studium der Allgemeinen und Vergleichenden Literaturwissenschaft bei Peter Szondi. Nach dessen Tod promovierte sie mit der Dissertation *Nachdichtung als Erinnerung* über Paul Celan bei Professor Bernhard Böschenstein. Danach war sie über Jahre Teilzeitassistentin für Komparatistik an der FU Berlin. Ihre Habilitationsschrift über große Frauenfiguren in der Literatur, in der sie über die Männerphantasien der Autoren schrieb, wurde nach vier vollendeten Kapiteln abgebrochen. Eberhard Lämmert lehnte die weitere Betreuung der Arbeit als zu romanhaft ab: wegen vermeintlicher Identifikation der Habilitantin mit dem Sujet in der wissenschaftlichen Betrachtung (»Akt im Nachthemd« als Titel für das Kapitel über Goethes *Iphigenie*). Leider hat Henriette diese Kapitel nicht aufgehoben oder verwendet.

Seit Anfang der 70er Jahre verband sie ihre universitäre Lehrtätigkeit mit umfänglichen Arbeiten als Übersetzerin, Lektorin und Dramaturgin. Als freie Autorin steht im Zentrum ihres Interesses die polymorph-perverse Struktur von Libido und Liebe, von Geschlecht und Charakter, vornehmlich dargestellt am Beispiel der Lebensentwürfe von Frauen und immer schon verbunden mit einem Plädoyer radikal-anarchischer Tendenzen in Politik und Gesellschaft.

Nach Aufgabe ihrer Habilschrift entfremdete sie sich zunehmend dem universitären Bereich, wandte sich literarischen Projekten zu und zog sich schließlich ganz aus ihren Lebens- und Wirkungsstätten in Berlin zurück. Sie verließ Deutschland und wählte sich in der Haute Provence ein Exil – nicht fern von der Retraite ihrer Mutter. In Saint-Michel-l'Observatoire fand sie ihren portugiesischen Lebensgefährten José Marco Branco. Zwölf Jahre, bis zu ihrem Tode, lebten die beiden zusammen.

Zwar immer mehr zurückgezogen und der Welt abhanden gekommen, sprudelten in ihr kleine Lebenswünsche auf und verlangsamten den unvermiedenen Verfall, bis er zuletzt im Hospital von Manosque nicht mehr aufzuhalten war.

Gerhard Ahrens, Juli 2019

Anmerkungen

1 Henriette Beese, *In den Arkaden der Sprache*. Vorbemerkung zu *33 Liebesgedichte*. Geschrieben am 20. Februar 1978. Unveröffentlichtes Manuskript. Aus dem Nachlass Henriette Beese im Archiv Gerhard Ahrens.

2 Walter Benjamin, *Die Aufgabe des Übersetzers,* Vorwort zu: Charles Baudelaire, *Tableaux parisiens,* deutsch von Walter Benjamin, Heidelberg 1923. Auch in: *Baudelaire Übertragungen*, erschienen im Rahmen der *Gesammelten Schriften* von Walter Benjamin, Bd. IV-1. Hrsg. von Tilman Rexroth, Frankfurt am Main 1972, S. 18.

3 Henriette Beese, *In den Arkaden der Sprache*. Vorbemerkung zu *33 Liebesgedichte*, a. a. O. mit Verweis auf: Henriette Beese, *Nachdichtung als Erinnerung. Allegorische Lektüre einiger Gedichte von Paul Celan*, Darmstadt 1976.

4 Henriette Beese, *Lyrik Lesen. Studien zu Svève, Ronsard, Shakespeare, Goethe, Mallarmé und Trakl.* Unveröffentlichtes Manuskript. Aus dem Nachlass Henriette Beese im Archiv Gerhard Ahrens.

5 Roland Barthes, *Fragments d'un discours amoureux,* Paris 1977. Deutsche Ausgabe: Roland Barthes, *Fragmente einer Sprache der Liebe.* Erweiterte Ausgabe. Aus dem Französischen von Hans-Hort Henschen, Frankfurt am Main 2015.

6 Henriette Beese, *In den Arkaden der Sprache.* Vorbemerkung zu *33 Liebesgedichte*, a. a. O.

7 Hanns Zischler, *Nach Jahren, Nachklänge.* Beitrag zur Festschrift *Nach Szondi. Allgemeine und Vergleichende Literaturwissenschaft an der Freien Universität Berlin 1965–2015.* Hrsg. von Irene Albers, Berlin 2016, S. 369.

8 Henriette Beese, *Transvestie.* Nachwort zu *Wechseltausch. Übersetzen als Kulturvermittlung: Deutschland und die Niederlande.* Hrsg. von Jattie Enklaar und Hans Ester, Amsterdam 1995, S. 323.

9 Vgl. Günther Anders, *Ketzereien,* München 1996.

10 Henriette Beese, *Transvestie,* a. a. O., S. 321.

11 »Das Kleid muß neu werden, sein Inhalt bleiben. Jede rechte Übersetzung ist Travestie.« Ulrich von Wilamowitz-Moellendorf, *Was ist Übersetzen?* In: *Reden und Vorträge*, Bd. 1, 4. Aufl., Berlin 1925, S. 8.

12 Es »umgibt die Sprache der Übersetzung ihren Gehalt wie einen Königsmantel in weiten Falten«. Walter Benjamin, *Die Aufgabe des Übersetzers,* a. a. O., S. 15.

13 Henriette Beese, *Transvestie,* a. a. O., S. 321 f.

14 Ebd., S. 320.

15 *Die vierundzwanzig Sonette der Louize Labé*, übertragen von Rainer Maria Rilke, Inselbuch Nr. 222.

16 Ebd., S. 17.

17 Ebd., S. 39.

18 *Die Liebesgedichte einer schönen Lyoneser Seilerin namens Louize Labé*, nachgedichtet von Paul Zech, Berlin 1947.

19 Ebd., S. 9.

20 Ebd., S. 12.

21 Ebd., S. 23.

22 Henriette Beese, *Transvestie,* a. a. O., S. 322 ff.

23 Louize Labé, *Elegies & Sonets*, Paris 1985, S. 26.

24 Ebd., S. 40.

25 Johann Wolfgang Goethe, *West-östlicher Divan*, Hrsg. von Hans-J. Weitz, Frankfurt am Main, S. 73.

26 Henriette Beese, *Transvestie,* a. a. O., S. 326 ff.

27 Roland Barthes, *Fragmente einer Sprache der Liebe*, a. a. O., S. 17.

28 Ebd., S. 147 f.

29 Henriette Beese, *Lyrik lesen*, a. a. O., S. 27 f.

30 Gilles Deleuze, *Proust et les signes*, Paris 1976, S. 161 ff.

31 Henriette Beese, *Lyrik lesen*, a. a. O., S. 29 f.

32 Henriette Beese, *Epiphanie des Weibes*. Unveröffentlichtes Manuskript. Aus dem Nachlass Henriette Beese im Archiv Gerhard Ahrens.

33 Vgl. Theodor W. Adorno, *Musikalische Schriften I–III*. In: T. W. A., *Gesammelte Schriften,* Bd. 16, Frankfurt am Main 1978.

34 Vgl. Ingeborg Bachmann, *Hommage à Maria Callas*, im Nachlass entdeckter Entwurf ohne Titel aus der Zeit um 1960. In: Ingeborg Bachmann, *Werke.* Hrsg. von Christine Koschel, Inge von Weidenbaum, Clemens Münster, Vierter Bd.: *Essays, Reden, Vermischte Schriften, Anhang, Phonographie,* München/Zürich 1978.

35 Yves Saint Laurent, *La fin d'un rêve. Hommage à Maria Callas*. Le Monde, 18. septembre 1977; und in: Orphée I,3. Übersetzung von Henriette Beese für ihrem Essay *Epiphanie des Weibes*, a. a. O.

36 Werner Schroeter, *Der Herztod der Primadonna.* Der Spiegel 40/1977 vom 26.09.1977.

37 Hector Biancotti, *Une voix et son corps.* L'Avant-Scène Opéra 44 (1982), S. 8 f. Übersetzung von Henriette Beese für ihrem Essay *Epiphanie des Weibes*, a. a. O.

38 Henriette Beese, *Epiphanie des Weibes*, a. a. O.

39 Friedrich Nietzsche, *Menschliches, Allzumenschliches,* in: *Werke,* Bd. 1, hrsg. von Karl Schlechta, München 1966, S. 546.

GERHARD AHRENS, geboren 1944, war nach dem Studium an der FU Berlin bei Peter Szondi und an der Université Paris 8 Vincennes-Saint-Denis als Kurator für moderne Kunst an der »kestnergesellschaft« Hannover, dann in der Künstlerischen Leitung am Schauspiel Frankfurt, Schiller Theater Berlin und bis 2000 an der Berliner Schaubühne tätig. Seit 1993 daneben auch als künstlerischer Berater für das Kunstfest Weimar, die Stiftung Schloss Neuhardenberg und die Movimentos Festwochen in Wolfsburg. Zahlreiche Übersetzungen und Publikationen über Theater und Bildende Kunst. Er lebt in Berlin.

In gleicher Ausstattung liegen vor:

HEINER MÜLLER
Gedichte 1949–89

GOTTFRIED BENN
Altern als Problem für Künstler – Ein Vortrag

ROBERT MUSIL
Über die Dummheit – Ein Vortrag

PETER BROOK
Vergessen Sie Shakespeare – Ein Vortrag
Mein Shakespeare – The Quality of Mercy

SEBASTIAN HAFFNER
Der neue Krieg

DAVID MAMET
Vom dreifachen Gebrauch des Messers –
Über Wesen und Zweck des Dramas

ROBERT BRESSON
Notizen zum Kinematographen

SYLVÈRE LOTRINGER
Ich habe mit Antonin Artaud
über Gott gesprochen

ALEXANDER VERLAG BERLIN
www.alexander-verlag.com